気がつけば40年間無職だった。

もしくは潔癖ひきこもり女子の極私的物語

難波ふみ

古書みつけ

プロローグ 私の「部屋」は綺麗

手全体を水で濡らして石鹸を泡立てる。十分に泡立ったら蛇口を閉め、ここからが真剣勝負。

手のひら、手の甲、指の間、関節、爪先、手首、洗い漏れのないように、決められた順番で手を丁寧に擦り合わせる。爪のなかまで完璧に、清潔に。

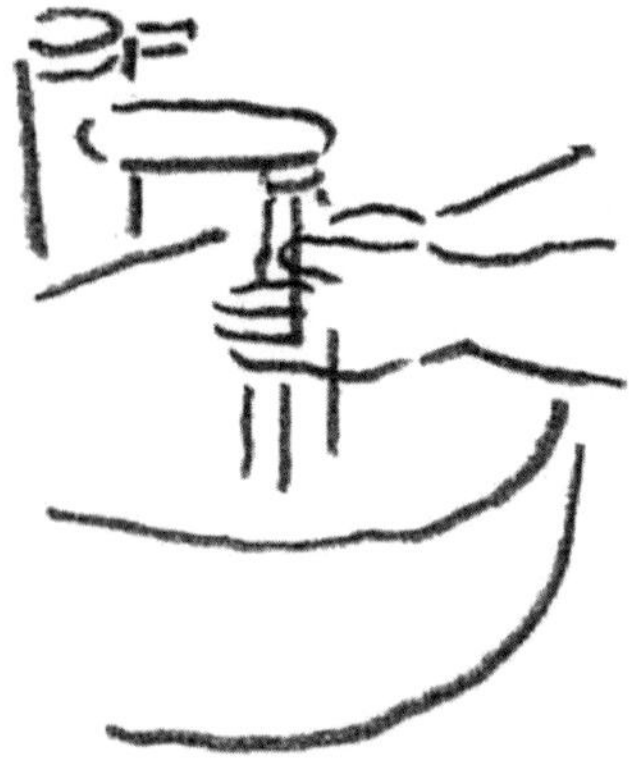

ふと鏡の自分と目が合うと、片側の窓から射す自然光を受けても、なお青白い肌色の少女が映っている。ハッとしてすぐ手元に視線を戻す。

蛇口も手についた泡で洗い、水を出すと、どこにも触れないようにしながら石鹸を水で流す。

真剣に洗うので、全工程を含めてたっぷり7分はかかっていただろう。最後に手拭き紙でしっかりと水気を拭きとって、フゥーと息を吐く。

折り畳んだ手拭き紙を手に、洗面所を出て廊下に行くと、まだ新築の匂いがする気がした。玄関の前を通り、2階への階段を上る。

上りきると直線の廊下があらわれ、その左手に私の「部屋」があった。

手拭き紙で引戸の扉を開け、そのまま靴下も脱ぐ。自室に戻るまでの私のルールだ。


そこでようやく、手拭き紙をゴミ箱に放り投げる。

ピカピカに磨き上げられた床を眺め、安堵の溜め息を吐く。

「大丈夫、私の『部屋』は綺麗」

心のなかで呪文のように繰り返していた。

目次

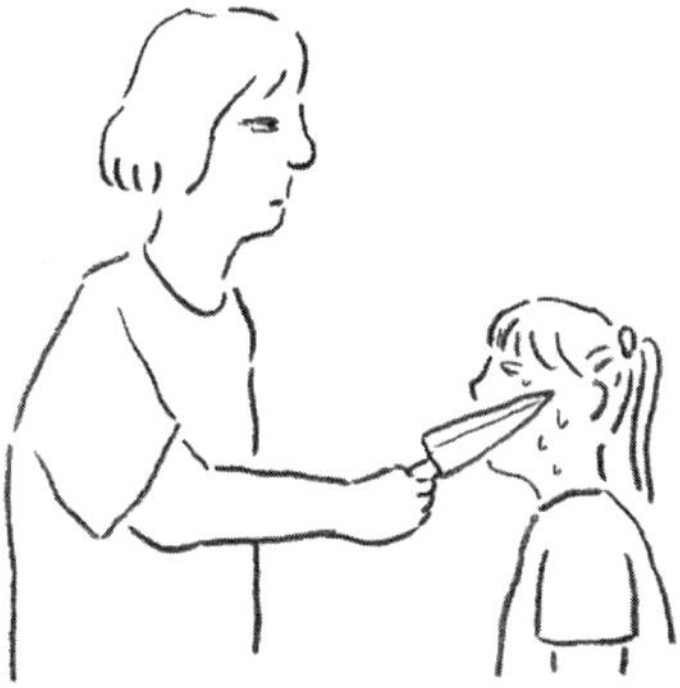

第2章 部屋

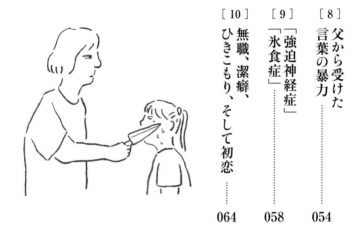

目次

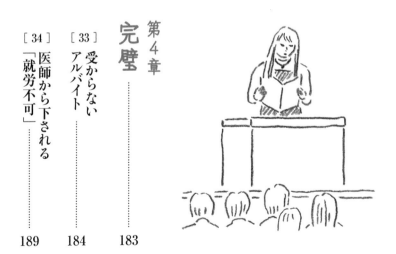

目次

8050《はちまる・ごうまる》問題

ひきこもりや無職といった50代の子の生活を支えるために、80代の親が経済的にも精神的にも負担を強いられる社会問題。「9060問題」へと移行しつつあるといわれている。

2022年度「こども・若者の意識と生活に関する調査」(内閣府)の結果、ひきこもり状態にある人は、15~39歳で2・05%、40~64歳で2・02%おり、その数は約146万人と推計されている。

第1章 潔癖

1 バイト経験も皆無……気がつけば40年間無職だった

私は40年間、一度も働いたことがない。

バイトなども、経験がない。

面接は四度受け、四度とも落ちた。

そのことをよく行くカフェの店主にふと話したら、「面白い」と言われた。

それは意外な反応だった。

自分では悲劇のように思っていることが、他人から見れば喜劇じみた事柄に映る場合もあるのだ、と気づいた瞬間でもあった。

それではなぜ、私が無職街道を突き進み、どうやって生きてきたのかを、幼少期から振り返ってみたいと思う。

東京ディズニーランドができた年、神奈川県の川崎市という雑多な街に、3人きょうだいの末っ子として私は生まれた。

東京生まれの父は、怒ると怖いが、子どものような無邪気さも持ち合わせていた。妙に神経質なところもあり、私たち子どもが幼い頃は、屋台の食べ物などを「不衛生」との理由から、なかなか食べさせてくれなかった。一風変わった、42歳という年齢のわりに若く見えるお父さんだった。

沖縄生まれの母は、独身の頃に料理専門学校を出て、調理師免許をもっていた。そのため、料理上手で、性格はおおらかな優しいお母さん。父とは10歳差の年下だ。母は、私たちきょうだいが幼い頃から、ごはんだけでなくおやつも手作りしてくれていた。電気オーブンが一般的でなかった頃には、ガス台に乗せて焼くオーブンで、家族の誕生日ケーキを焼いてくれていたらしい。

私は市販のケーキも好きだったが、母の作る、生地に水飴を入れて焼いたスポンジを使った、大きくて少々不恰好なショートケーキが大好きだった。

4つ上の姉には、私が小さい頃はそんなにかまってもらえていなかったような気がする。姉は自分の友だちと優先的に遊んでいた。ひとつ覚えているのは、私が4歳くらいの頃、一緒に近所の公園に行ったときのことだ。姉が一番高い鉄棒を指し、「やってみなよ」と言ったので、小さい鉄棒からつたって、背より高いその鉄棒になんとかぶら下がった。私は数秒、しがみついたあとに握力の限界がきて、地面にベシャッと落ちた。そして、顔面を強打。視界が黒く円のように狭まり、薄れゆく意識のなかで、慌てる姉と知らないおばさんの「大丈夫?」という声を遠くに聞いていたのが忘れられない。鼻血はもちろん、口のまわりからも出血した。傷痕が完全に治るまでに、かなり時間がかかった。

ふたつ上の兄とは、小さな頃は本当に仲良く遊んでいた。一緒に三輪車を乗り回したり、スーパーマーケットでかくれんぼをしたり……。兄は子どもらしい子どもで、欲しいものが買ってもらえないと、道端で寝転びながらギャンギャンと泣いた。歯医者が怖くて、治療前にはいつまでも泣きわめく、などの感情の表し方が素直な子どもだった。

5歳頃までの自分を思い返すと、人見知りが激しく、恥ずかしがり屋で、何かあるとすぐに母の陰に隠れていた。地味な子どもだったと記憶している。どれくらいの人見知り加減だったかというと、初めて幼稚園に行ったとき、人がいっぱいいるのが恐ろしくて、モジモジした挙げ句に泣き出す。そして、同い年の子たちに励まされ、「行事が進まない」と大人たちをイライラさせた程度には人見知りだった。

何しろ、家でも外でも姉か兄とばかり遊んでいたので、他に同じ年の子どもがたくさんいるのを目の当たりにして、びっくりしたのだと思う。

私たち3人が小さな頃は、休みになるとよく、動物園や大きな公園、遊園地などに連れて行ってもらっていた。そんなときは、必ず母が早起きをしてお弁当を作ってくれた。その時々でおにぎりだったり、サンドイッチだったりに、おかずのから揚げや卵焼きやタコさんウインナーが彩りを添える。父はコーヒーが好きだったので、火を使っていい公園では、キャンプ用品で湯を沸かし、コーヒーを淹れていた。そのいい香りを嗅ぎながら、皆で頬張るお弁当の美味しかったこと……。

それと、よく覚えているのが3歳の頃、ディズニーランドに行ったときのことだ。真冬で寒かったため、ココアを買ってもらった。そして、湯気のモウモウと立つそのココアを飲もうとしたら、手がすべって兄のズボンに中身をひっくり返してしまったのだ。すぐさま、「ごめんね」と謝ったが、兄は熱さで泣きだしていた。そのアクシデントのせいか、アトラクションなどに乗った記憶は一切残っていない。

そんななか、私が初めて他人との差違を自覚したのは、なんとか通えるようになった幼稚園でハサミを使ったときだ。皆はスイスイと紙を切って、細長い「擬似お蕎麦」を作れているのに、自分だけうまく切られなかった。このショックは大きく、私って「ブキヨウなんだ……」と思ったのを覚えている。なんのことはなく、ただ、自分が左利きだと知ら

ずに右利き用のハサミを使えなかっただけの話、なのだが……。

　今の自分と幼児の自分を比べると、当たり前のようだが、天と地ほどちがう。どちらがいいなどとは簡単に比べられないが、あの頃は全ての物事が新しく、「人の顔もいろんな形があるな」とか、そんな小さなことに感心したり驚いたりしていた。

　寝る前には心のなかで自己流のお祈りをするのが日課でもあった。

「あしたも、かぞくのみんながげんきでいられますように。ともだちのみんながげんきでいられますように」

　このあとに日本の皆と世界の皆のことを祈って終わる。我ながら無垢で、まるで天使のようだったと思う。ちなみに、私の家族は無宗教だし、私自身も神の存在こそ信じてはいるが、無宗教である。

2 いじめ、不登校、潔癖症引っ越しが人生を暗転させる

そんなちっぽけな私の人生が最初に〝暗転〟したのは、小学校1年生の中期くらいのことだった。生まれ育った愛着のある川崎市から、父の仕事の関係で千葉県の市原市という長閑な場所へ引っ越すことになったのだ。臆病ながらも友だちができて、楽しく学校生活を送っていた私にとって、それはとても大きな出来事だった。

川崎にいた頃は、4階建ての、エレベーターもついていないような古くて小さなマンションに住んでいたのだが、母方の叔父と叔母も別の階に住んでいて、よく可愛がってもらっていた。引っ越し当日、ふたりに見送ってもらいながら、私は涙でグチャグチャの顔をしていたと思う。別れの辛さを味わったのは、このときが初めてだったかもしれない。

そして、引っ越し先に向かう車窓から、生まれて初めて田んぼを見たときの、あの「遠

いところに来てしまった……」という寂しい感覚は今でも忘れられない。

前述した通り、恥ずかしがり屋の内弁慶な性格だった私は、その環境の大きな変化に案の定、うまく対応できなかった。

学校生活ではまず、登校初日に教室に入ることから渋り、先生に無理やり皆の前に引きずり出され、まともな自己紹介もできず泣き出す、という既視感のある人見知りのフルコンボを発動してしまったのだ。時期外れの転校生に浮足立っていたであろうクラスメートたちをがっかりさせてしまったのを肌で感じた私は、さらに落ち込むという悪循環。それでも、物珍しい転校生である私に優しく接してくれる同級生はいたが、同時に意地悪な女の子に目をつけられて、いじめられもした。と、言っても、小学1年生の〝ソレ〟は、小声で悪口を言われるという程度の軽いもので済んだので、トラウマになることもなかった。そうして新天地での、低空かつ、ほろ苦いスタートを切ることとなった。

引っ越してからというもの、何か全てがうまくいかないような引っかかりを感じていた。駅へ向かうバスひとつとっても、1本逃すと長く待たなければならない。そんな環境にも正直、戸惑っていた。その困惑は、前の学校の大好きな友だちからの手紙に返信することができないほど、大きいものだった。今から思えば、相当なストレスがかかっていたとわかる。

だが、当時の私は、口を閉じた貝のように閉じこもり、感情に蓋をしていた。学校での出来事を何も語ろうとしない私に、ある日、母が、「なんでも話していいんだよ」と助け船を出すほど、無口になっていたようだ。その母の言葉にハッとしたのを覚えている。何かや誰かに負の感情を抱くのはいけないことだと勝手に思い込んでいたので、そう簡単になんでも話すようにはならなかった。だが、面白かったことなどはポツポツとしゃべるようにはなっていった。

ひきこもり無職の芽は、もうすでにその頃から芽生えていたかと思っているが、私の人生においてもうひとつ重要な、精神病の芽の始まりという問題がある。それは、父が水虫になったことからだと思われる。なんだ、そんなこと、と言われそうだが、これは真剣な話なのだ。

伝染する病気というものが、幼心《おさなごころ》に汚ならしく、恐ろしく感じられ、衛生観念がややい

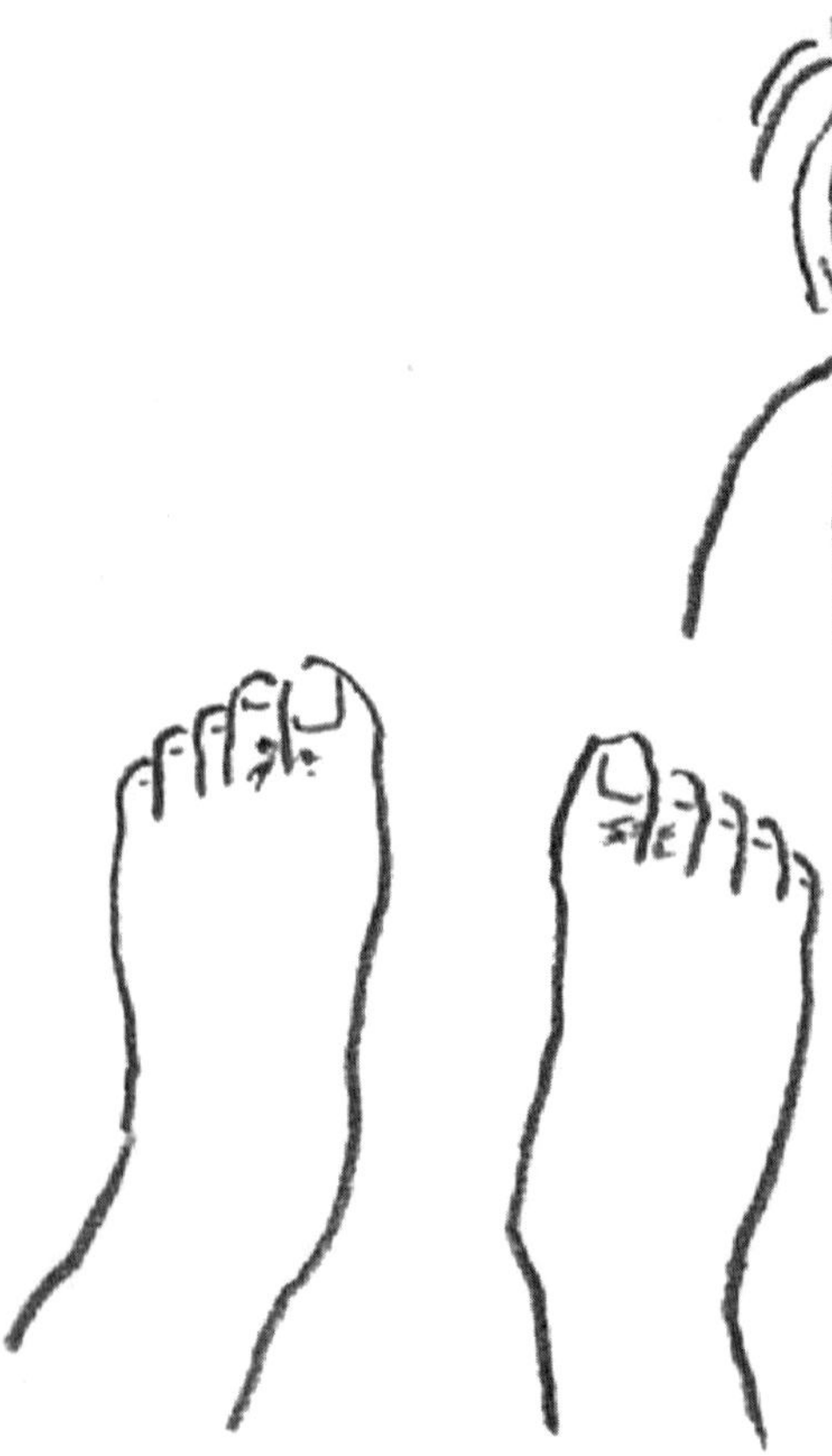

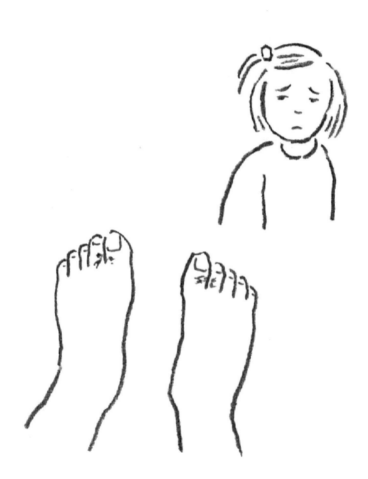

きすぎてしまった。臆病な性格で、細かいことが気になりすぎてしまったのもよくなかったと思う。

誰でも病気になどなりたくはない。

父と同じバスマットは使わないようにしよう。なるべく素足でいないようにしよう。足もよく洗うようにしよう。

「そうしようそうしよう」が、「しなくては」に少しずつ近づいていく足音がした。

それから、なんとか少しずつ新しい生活に慣れていった私だったが、小学4年生の終わりあたりから不登校気味になっていた。もともと、神経質で小さなことにいちいち引っかかってはウジウジと悩むような子どもでもあったので、それもまた自然な成り行きであったと思われる。

いつの頃からか、「ノートをとるのにも完璧な文字で書かなくては」などと思い、書いては消しを繰り返した挙げ句、黒板を消される。そして、「完璧」も消える。

一事が万事……そんな調子で、少しずつ澱がたまっていくように、休みも増えていった。

休みがちになると、当然のようにクラスメートにそれを指摘され、ますます学校への足が遠のいて、いわゆる「居場所」というものもどんどんなくなっていき、やがて定番の本格的な「いじめ」というやつを経験することになる。少しずつ距離を置かれるところから始まり、徐々に陰口が囁かれ、ついにはあからさまに嫌悪の表情で悪口を言われ、馬鹿にされた。そして、お定まりの「死にたい」がやってくることとなる。だが、それの原因が「いじめ」によるものなのか、その頃からもうすでに私が狂い始めていたからなのか、は定かではない。

さらに書き添えておくと、我が家では不登校児は問答無用で〝悪い子〟扱いだった。「学校へ行かせるのは親の義務であり責務」と、両親ともに頑なに信じきっていたので、当然ながら家での「居場所」も皆無であった。私は父が42歳のときに生まれた末っ子なので、その教育方針も〝ザ・昭和〟だったのである。

3 破壊衝動に暴力行為 母の手には包丁が……

その頃の記憶が少し曖昧なのだが、最初の不登校のときは、さまざまな病院へ連れ回されていたような気がする。

そして、どこに行っても「異常なし」の診断が下ると、両親の不満は一気に私に向けられる。いくら怒られても一向に学校に行かない私は、必然的に両親と対立するようになっていた。姉と兄からも、学校関連のことでいじられることもあり、常に不機嫌な子どもであったように思う。

それから、なんとか学校に行けた日でも、教室に入ることができずにドアの近くでためらっていたら、ふたりの教師に腕と足をもたれ、無理やり教室のなかに放り込まれたこともあった。文字通り、「ポーン」と。しかも、前のドアから入れられたので、クラスメートたちに丸見え……。まるで晒《さら》し者のようにされたわけである。あの刺さるような視線と嘲笑と、無知からくる汚い言葉は、思い出すだけで惨めな気持ちになる。

このように幼い頃、無垢であった人間でも、簡単に心に恨みと憎しみをもってしまうようにもなるのだ。

これから親になろうとする人と、教師を志す人には、子どもにそんな感情を教えないであげてほしい。

さて、曖昧な記憶といっても、言われてイヤだった言葉というのも、心に深く刺さっているものだ。たとえば、

「世界には学校に行きたくても行けない子どもがたくさんいるのに、行かないなんて贅沢だ」とか……。

いや、そんなこと知ってるしわかってるし、そもそも話の土台ちがくない？　私の感情とかどうでもいいんだ？　などとモヤモヤ思ったものだが、当時はそれすら言える勇気も元気も持ち合わせていなかった。

あとからわかったことだが、このときは貧血気味にもなっていた。そのため、朝はなかなか起きられずに、ムスッとした蒼白い顔。夜は、爆発しそうな感情を圧し殺していた。

そんな〝ユウウツ〟な私は、さぞ不気味な子どもであっただろうと思う。

強烈に覚えていることがふたつある。

季節は半袖の頃だった。

その日も学校には行かず、怒った母と激しいバトルを繰り広げ、暴れ回っていた。感情にまかせて新聞紙を散々に引き裂いたり、手近にある物をなんでも母に向かって投げるなど……、必死の抵抗を試みていた。

そう、絶望し、疲弊しきっていた私は、手のつけられない問題児と化していたのだ。

今から思えばそのときの感情を言葉にできる。

心の辛さを誰にもわかってもらえないことから来る孤独感、いじめられていることを言えないもどかしさ、存在自体を祝福してもらえない惨めさ、など。

だが、幼かった私はそれらを感じていながらもどうしていいのかわからず、ただただ暴れることで伝えようとしていたのかもしれない。

ともかく、その日はいつも以上に暴れ、叫び、物を壊し、グチャグチャになった部屋のなかで、母も私も疲れきっていた。

突然、スッと立った母は、台所へ行き、包丁を手に戻ってきた。そして、そのまま私の頬に包丁を当てたのだ。

頬から首にかけてピタッピタッと当てられた金属の冷たさは、一生忘れないと思う。

その瞬間、恐ろしく頭が冷静に戻ったのを覚えている。

母に、「死にたい？　一緒に死のうか？」と言われた。

声が出せない。

私は頭を小刻みに左右に振った。

「死にたい」とは思っていたが、それはより、「消えたい」に近いもので、ましてや「殺されたい」わけでは決してないのだ、とわかった瞬間でもあった。

ところで、変なことを言うようだが、このとき、場ちがいな可笑しみが腹の底からフツフツと湧き上がってきてもいた。「白ける」「引く」「ブラックジョーク」とでもいおうか。

今、振り返ると、母も母で、周囲に親しい友人もいない上、家では不登校児と向き合わな

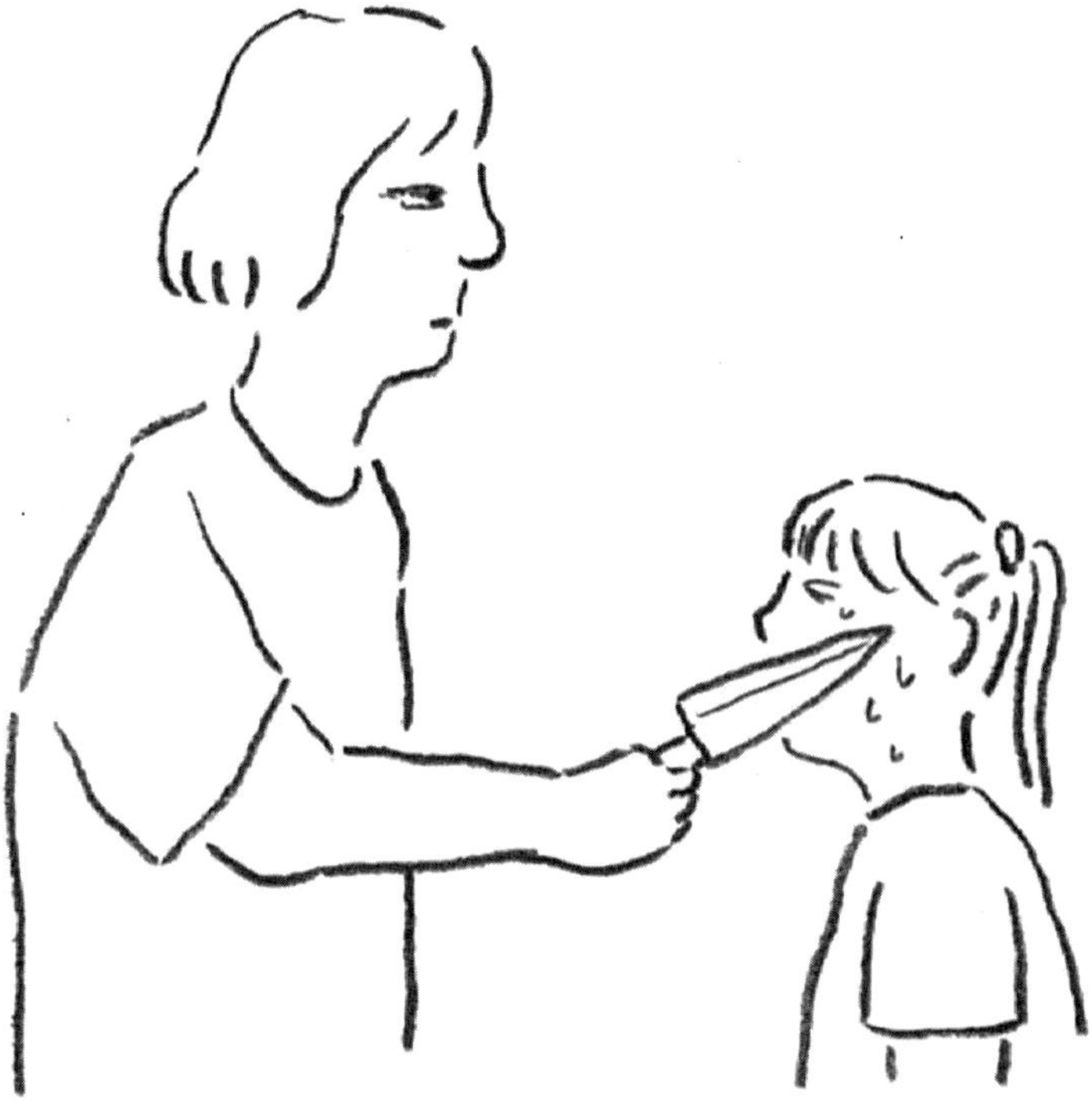

ければならず、追い込まれていたのだろうと推察できる。

引っ越し後の千葉県での新たな環境にうまく適応できていなかったのは、母も私も同じだったのだ。

しかし、あまりに唐突すぎるそのときの行動が、幼い私には芝居がかって見えて仕方がなかった。「うわー、マジかよ……」が本音だった。

人間は窮地に追い込まれると、地が現れるというが、私の地というのは案外、冷たくて図太いのだなと、のちのち実感したものだ。


その後、母はプツンと糸が切れたように部屋の中央で眠りだした。

その息を何度か手のひらで確認したのを覚えている。

それから、その頃、何度も「産まなきゃよかった」と言われたことも忘れられない。子どもに言ってはいけない言葉ランキングがあるとすれば、上位に食い込むこと確実な〝アレ〟である。おかげで自己肯定感ゼロの問題児が仕上がったわけだが、たぶん言った本人はそのことすら忘れているだろう。

4 父から受けた虐待 殺意を覚えた瞬間

もうひとつの忘れようにも忘れられない記憶は、10歳。

毎日、本格的に両親と闘って、もうどうしようもないところまで追い詰められていた、ある日のことだ。

その頃の私は、夕方になって父の車の音がするのを心底、恐れていた。

母にも当然のように怒られてはいたのだが、父のほうが圧倒的に怖かったのだ。

なぜならば、父は怒鳴りながら手を出す人だったから……。

私たちきょうだい3人は、父から怒られるとき、ゲンコツを喰らうのは当たり前の環境にいた。それに、機嫌の読めない人でもあったので、笑った直後に怒る、などもしょっちゅうで、二重の意味で怖い人であった。

その日は、夕方ではなく昼間に車の音がした。

怒り心頭に発した母が、父に電話をしていたのだ。そして、今までにない緊張感と共に、玄関のドアの開く音がした。平凡な2階建て3DKの社宅。その2階の和室が私と姉の部屋だった。平日の昼間なので、当然のことながら部屋には私ひとりきり。危機を察知した私は、襖に木刀を突っ掛けて入り口をロックした。〝ソレ〟をするのは、そのときが初めてではなかったと思う。いつも両親の怒りから逃げるために使っていた手段だった。そして、それはほんの少しの時間稼ぎにしかならないこともわかっていた。階段を上ってくる足音。

「開けなさい！」という父の怒鳴り声と共に、襖を激しく叩く音がする。突っ掛けた木刀を押さえながら抵抗を試みるが、やがてガタガタッと襖が外されて内側に倒れかかってくる。

絶望の音がした。

ここで私の記憶は少し途切れる。

気がつけば、部屋の外の狭い踊り場で、私は父に叱責されながら叩かれていた。身を守るために体を丸めていたので、土下座のような格好に見えていたと思う。なぜかこのときの記憶は、上から自分の背中を俯瞰で見ているものになっている。ベルトやら何やらで鞭打たれながら、私はずっと無言で耐えていた。止めどなく流れる涙は、悔し涙だった。なぜ、苦しい思いをしている自分がさらに怒鳴られ、殴られなければならないのか。

痛い。苦しい。悔しい、くやしい。

「学校に行くと言え！」と言われ続けていたように思うが、痛みに耐えるのに必死で意識も遠くなりかけていた。

やがて、責め続けるのに疲れたのか、それとも飽きたのか、父は手を止めた。どれくらいの時間が経っていたのだろう。やっと解放された私は、西日の差しかかった部屋で、ビンタを受けジンジンと疼《うず》く顔のまま、みみず腫れだらけの手足を見つめていた。

冷やすものを手に、母が、「お父さんがふみは我慢強いって言ってたよ」というのを他

人事のように聞いていた。

この世に神も仏もあるものか。

初めて心の底から殺意が湧いた瞬間であった。

父の気配が消えたのに気づいていたが、もうどうでもよかった。鏡で自分の顔を見ると、泣き腫らした目が痛々しい。まるで試合後のボクサーのような化け物じみた人間が映っている。

涙が乾いてカピカピとして不快だった。この時代では、子どもはただ堪え忍ぶことでしか、親の暴力をやり過ごすことはできなかった。今、振り返ると、確実に虐待で通報される案件だっただろうなと思う。

しばらくすると、ケーキとアイスクリームの袋を抱えて父が帰ってきた。

飴と鞭を地で行くつもりか……。皮肉な気持ちになりながらも、それらをたらふく腹におさめた。

我が家では謝罪の言葉の代わりに、甘い物を与えられることがあった。そのせいか、永久歯のほとんどは虫歯になった。歯磨きにも口うるさかった父の教えで、キチンと歯磨きはしていたのに、だ。

ちなみに、今でも私は甘い物が大好きだ。中毒に近いと思っている。

5 芽生える殺意 加速する潔癖

そんなこともあり、両親はやっと私を無理やり学校に行かせることをあきらめてくれた。私の粘り勝ちである。

何歳の頃だったか忘れたが、ちょうどテレビで山田洋次監督の映画『学校』が流れていた。見るともなしになんとなく見ていたのだが、ストーリーが不登校児の心の叫びのような箇所に差しかかったとき、不覚にも私は号泣してしまったのだ。

まさに心の決壊。

フィクションで泣くことなんて滅多になかったのに、である。両親共に揃っていたので非常に気まずかったのだが、そんなことを考えられなくなるくらいに、その場面が深く心に響いたのだった。

その結果なのか、次第に両親が私の気持ちの理解に目を向けてくれるようになっていったのは、うれしい変化であった。できれば、もう少し早いほうがありがたかったが、仕方がない。

その後、生活リズムの崩れたひきこもり不登校ライフが続くことになる。

夜になかなか眠れず、朝は起きられないという悪循環は長く私を苦しめる元ともなっていたが、この頃はまだそんなに深刻なこととととらえていなかった。

蒼白い、クマの浮いた顔で、夜中に何度も寝返りをうちながら、ネガティブな空想に沈み込むばかりの日々……。

私をいじめてきた奴を、頭のなかで何人殺しただろうか。

空想では無敵状態の私。殴ったり、包丁で滅多刺しにするたびに、鮮血が美しく飛び散った。

父への恐怖心は、完全に憎しみへと変わっていた。闇のなかで、復讐心から来る殺害衝動をもて余すばかり。子どもとちがって、大人をどう殺すのかは具体的には思い浮かべられず、悶々としていた。空想らしい、と思えるのは、殺したあとのことも考えていたことだ。母と姉と兄のことはとても好きだったので、「父を殺してしまうと私も含め、皆が生活に困ってしまうな」と……。

子どもが眠れぬ夜に、そんな考えごとをしているだなんて、なんだか泣けてきそうにもなる。

学校に行くのは本当に稀だった。

たまに勇気を出して教室に行くと、比喩ではなく息ができなくなり、苦しくて涙があふれ、保健室へ駆け込むような有り様だった。まぁ、机の上に花が置かれていたり、靴を隠されていたりもしたので、無理もない。それでも、少しはやり返したと思うが……。

机の花瓶は、笑顔で置いた奴の机に置き返したし、靴だって隠した奴の目の前で見つけて、素知らぬ顔をして履いて帰った。

だが、まるで私の存在がないかのように無視しながら、孤独を浮き彫りにさせる行為には、ジワジワと苦しめられた。しかし、それ以上に心にこたえたのは、陰口をたたかれていたことだった。不思議なことに、相手とちょっと距離があっても、こちらへの目のやり方などで、あ、今、悪口言ったな、とわかってしまう。今ふうに言うと、「ＨＳＰ（いわゆる繊細さん）」の気質が強かったのだと思う。

考え方も潔癖で、自分で決めたルールに自らがんじがらめになるような、不器用なままで生きていた。それに呼応するように、外のゴミ箱やエスカレーターのベルト、電車の吊り革など、触りたくないと思うものも、年齢が増すごとにどんどん増えていった。

私の小学校高学年からの子ども時代は、「学校に行けていない」という引け目を常に感じながらの暮らしなので、どこか薄暗い靄《もや》に包まれているような記憶しか残っていない。

6 14歳、初めての「部屋」と出会う

正式な不登校児になった私を、両親はフリースクールや塾などに次々と通わせ、なんとか社会との関わりをもたせようと試みていた。

だが、なにせ精神が下層部を這いずり回っているような状態だったので、どれもたいして長続きはしなかった。

そのなかで、マンツーマンのフルート教室だけは、3年間ほど続けられていた。発表会というものも一度だけ経験したが、ひきこもりにはスポットライトをまともに浴びるのは辛すぎた。何十という視線が自分に向かってくるのは、冷や汗以外の何ものでもない。結局、フルート教室もやめてしまった。

その頃の私は、13歳。

思春期のせいか、自身の後ろ暗さがあるためか、他人の視線にとても敏感になっていて、外出自体が苦痛でもあった。

父から、「美人で目立つわけでもないのになんで学校に行けないの？」という、超絶空気読めない発言をされたことから、「自分は醜い」という思いが抜けず、人にジッと見られるたびに惨めな気持ちになったものだ。

親からの言葉が、どれだけ子どもの人格形成に影響を与えるのか……。

我が家の両親には、その視点が欠けていたのだろう。そうして、十代前半は、長く辛いまま過ぎていった。

ある意味での転機は、14歳のとき。

我が家が、社宅から新築の持ち家に引っ越しすることになったのだ。

今度の引っ越し先は、がんばれば前の家まで歩いて行ける程度の距離だったので、激変というわけではなかった。

そのときの私は、中学生になっていたが相変わらず学校には行かず、深夜ラジオと音楽を楽しみに生きているような子どもであった。特にミッチーこと及川光博《おいかわみつひろ》が好きで、そのラジオ番組にファックスを送っては、ドキドキしながら聴いていた思い出がある。

昼間に外に出て制服姿の人たちを目にするだけで、動悸と苦しさとで胸がいっぱいになるような小心さで、その生きづらさも相変わらずであった。

そこで初めて、自分ひとりだけの「部屋」というものを与えられたのが、運命の分かれ道だったように思う。

六畳の洋室。

引戸のドアを開けるとまず、東向こうの出窓が目に入る。自分で選んだベージュ地に白の薔薇柄のカーテンが彩りを添える。出窓に添ってベッドを横向きに配置した。そのまま右を向くと、ベランダへと続く窓がある。隅に机を置くことにした。机の真向かいには、CDコンポ。その隣に小さなテレビを設置した。左側の壁には、大小ふたつのクローゼットがあり、収納には困らない。初めての自分だけの「部屋」は、そうしてできあがった。

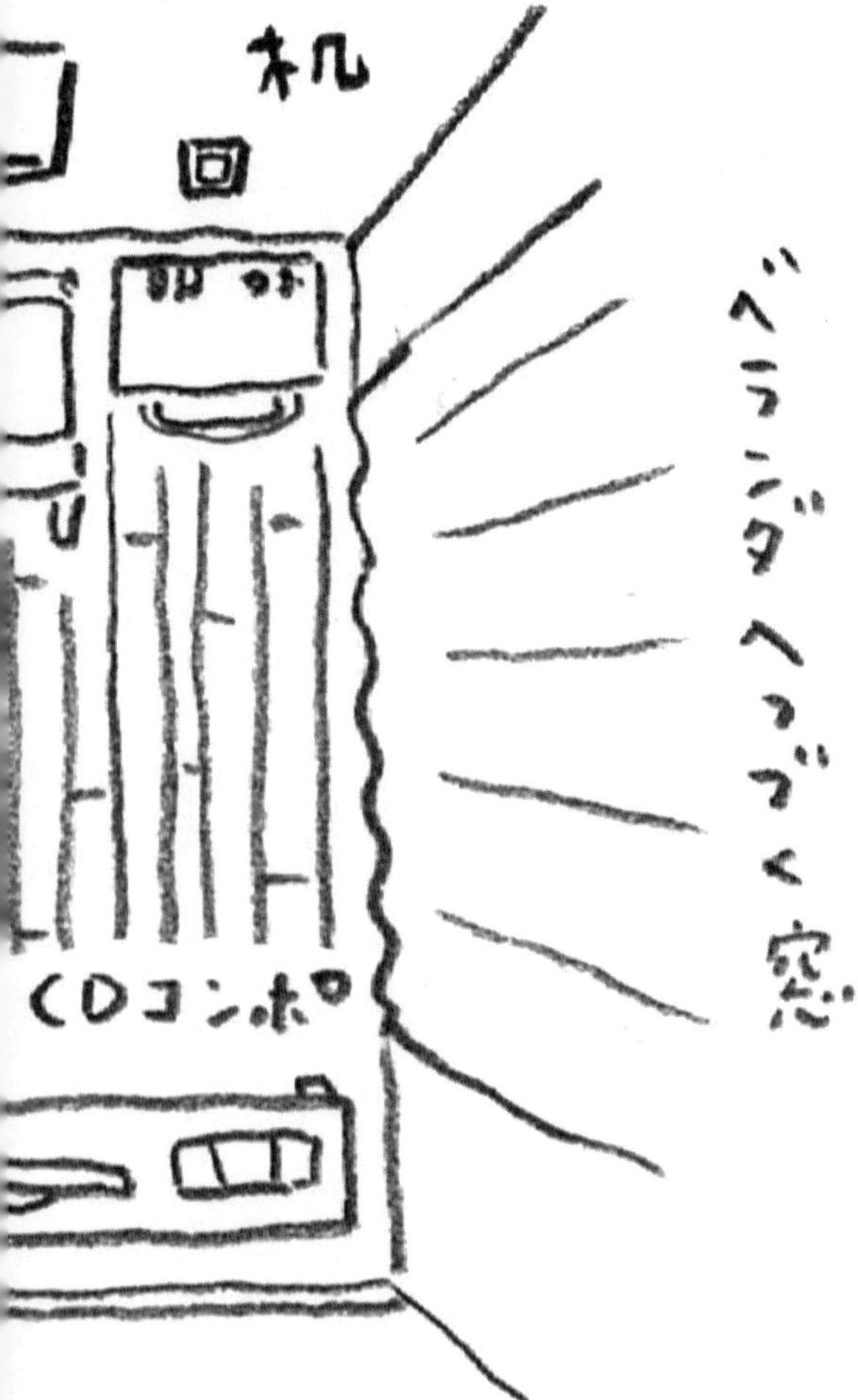

この「部屋」でテレビを観たり、音楽を聴いている時間が、心安らげるひとときだった。

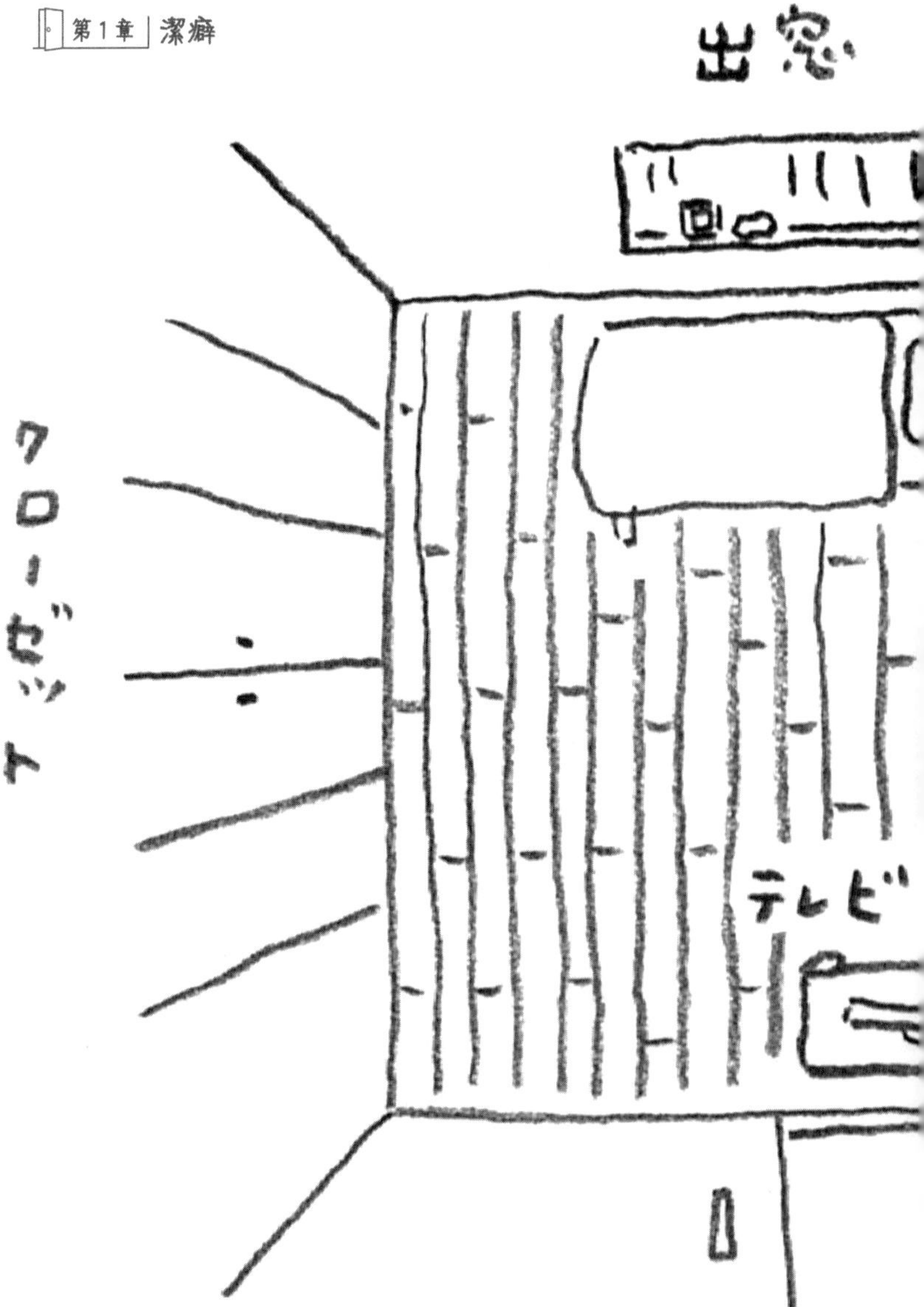
出窓
クローゼット
テレビ

7 少年Aとは同学年……「部屋」にとらわれる私

本筋から少しずれるようだが、この頃、世間では、男児と女児が残忍な方法で殺害されていた「神戸連続児童殺傷事件」でもちきりだった。

私はなぜか、このニュースが無性に気になっていた。

まだ犯人が逮捕される前で、テレビではコメンテーターが神妙な顔つきで大人の犯人像を語っていたが、私はちがうと感じていた。

本能的に、「犯人は子どもだ」と思っていた。

なぜならば、私も抑えきれないほどの破壊衝動を抱えていたからだ。寝返りをうつたびに、頭のなかで殺人を犯していた私の嗅覚は、結果、正しかった。

しかし、彼と私の決定的にちがう部分は、その衝動が私の場合、内側にも向いていたということである。

犯人の少年Aがしたことは、決して許されることではない。

だが、彼も私も同じ14歳だったのだ。


さて、あの地獄のような一日を経験してからずっと、私は父を心底憎み、毛嫌いするようになっていた。

おまけに水虫だし、汚いし……。

と言っても、憎しみは恐怖の裏返しであったので、父がいるだけで緊張を強いられていた。いわゆる、「普通の会話」をするのにも気を使わざるを得ない。直接的な酷い暴力を受けたのは、あの日が最後だったと記憶している。

しかし、殴られなくなったからといって、それ以前から積み重なった暴力の恐怖が消えてなくなるわけではない。

そんなことも関係してか、私の潔癖症は治るどころか、ますます酷くなっていた。

だが、理由のわからない罪悪感から、引っ越し当初は、家族の目を気にしつつ清浄行為をしていた。しかし、その後は徐々に清浄頻度が上がっていく。手を洗う時間と回数も増え、指の腹などは次第にガサガサとした手触りに変化していった。洗濯も家族とは別に回していたし、もちろん、掃除も自分で確認しながらでないと気が済まなかった。

「汚い」と「綺麗」を細かく明確に分けていたため、自分の「部屋」の入り口で靴下を脱がなければ入れない決まりにしていた。靴下が家のなかで靴の役割だった、と言えば、そのイメージが伝わりやすいかと思う。

一緒に住んでいるのに、まるで私だけ独り暮らしをしていたかのようだった。

そして、共用部分の、自分の場所をアルコールなどで消毒する。服などのすぐに洗えない箇所が汚いと思う部分に触れると、消毒液をぶっかける、などの行為も頻繁におこなうようになっていった。

新しい家で、自分の「部屋」という〝城〟を手に入れた私は、次第に、誰かが私の「部屋」に入るのを恐れるようになっていた。それはよくある思春期の精神的なものから来る意味ではなく、衛生的な観念から来る恐怖感だった。

アルコール

そう、それはまさに〝恐怖〟としか言いようのない感情なのだ。最初はそんなことを考えるのもおこがましいと思っていた。自分で建てた家でもなく、住まわせてもらっているという感覚が強かったのだ。それを、「私の部屋に入らないで、汚いから」なんて言えないと思っていた。何より、どこかおかしい考えだというのは自分が一番よくわかっていた。だが、おかしいと思いながらも止められない。どうしても無防備にならざるを得ないお風呂の時間などに、誰かが「部屋」に入ったかもしれないと思うだけで、掃除をせずにはいられなくなっていた。

それだけではなく、どこにいても「部屋」のことが頭を占めるようになり、ひきこもりもどんどん酷くなっていった。月に一度、玄関先に出ればまし、なんていう時期もあった。

家族にその感情を打ち明けてからも不安が薄れることはなく、亡霊のように常に私につきまとっていた。この言い知れぬ不安と恐怖は、他の人からすれば〝潔癖がいきすぎている〟くらいの認識にしかならなかったのも、もどかしい思いであった。

その頃の社会通念として、子どもの精神病というのはあまり一般的ではなかったこともあり、家族も私が病気であるとは考えが及ばなかったらしい。

ちなみに、中学は惰性で卒業させられたというか、放り出されたままで、高校受験なども一切しないでいた。姉と兄が私立高校に通っていてお金がかかっていたこともあり、学校という枠組み自体に嫌気が差していたこともあり、わざわざ行かなくてもいいだろうという考えであった。それに、何より、「部屋」を守らなくては……という思いが強く、私の未来の選択肢を極端に狭めていた。

8 父から受けた言葉の暴力

中学を卒業した直後の15歳のとき。焦燥感に駆られ、母に、「何かアルバイトをしてみたい」と伝えたことがあった。しかし、過保護気味の母は、変なところも多いからと、首を縦には振ってくれず、私も素直にあきらめた。

そうして、「中卒」「無職」になってしまった私だが、その時々で好きな音楽などに救われながらなんとか生きていた。小学生のときは、TM NETWORK、中学生からはGLAYや及川光博、TOMOVSKYの曲に夢中になることで、生かされていた。「芸術は心の肥やしになる」というのを、この頃まさに実感していたのだ。

それらがなければ、今、こうして人生を振り返ることもなかったであろう。基本、ひきこもりで掃除と消毒をしながら鬱々と過ごしていたが、たまにミッチー（及川光博）やGLAYのライブに行く、などをさせてもらえていたので、病気を差し引けば、そんなに悪い時期ではなかったように思う。まぁ、差し引こうにも差し引けないのだが……。

ちなみに、ライブ代などは全て親のお金で賄われていた。

無職なので当たり前と言えば当たり前だ。

「部屋」に対する不安と、働いていないという負い目は常にあった。

その分、できる範囲で共用部分の掃除や皆の洗濯などの家事をすることで、母に負担をかけないようにしようとがんばっていた。

いわゆる、「家事手伝い」というやつだ。

なぜか母に対しては、恨みの気持ちが一切湧いていなかったのである。

というのも、母は包丁事件から自分の言動を反省してか、私に謝罪と精一杯の理解を示してくれていたからだ。

そのおかげか、だいぶ私も自分の気持ちを整理できるようになっていた。

もともとはおおらかで優しい人なのは十分わかっていた。

が、一度深く傷ついてしまうと、人間の心というのは回復にとてつもなく時間がかかるようにできているらしい。そうして、自分でもどうしようもない苦しさを抱えたままもがいていた。

父には正直、とても複雑な感情を抱いていた。暴力を受けた恨みや傷つきは、とても消せるものではなかったが、生活を支えてもらっているという感謝はしていたからだ。それに、あとからあの頃の父の状態を母から聞いて同情するようなところもあった。

父も職場でいじめを受けていたようなのだ。

さらに、父の生育環境を聞くと、「それってネグレクトではないのか?」というようなエピソードもあった。父の母は病弱な長男にかかりきりで、次男である父は二の次。ボタンづけなどの繕い物も父は自分でしていたらしい。中学生の頃は新聞配達をして、学用品を自分で購入していた、と……。まぁ、当時の時代背景としては、ままあることだったらしいが。

前述した通り、父のキャラクターとして、会話の空気を読む、などという気の使い方は望むべくもなかった。

そしてそれは、どうやら幼少期からのことだったらしく、周囲から浮いた存在だったようだ。

だが、それらの父の「言いわけ」を受け入れたつもりになって、変に大人ぶろうとしてしまったのがよくなかった。人間の深層というのは本当にややこしい、というのをその後、何度も実感することになるのである。

その時点でも父への苦手意識と、押し隠した殺意はずっとあり、それを悟られまいと努力はしていた。でも、ときおり、その心の矛盾が表層に現れることもあった。

父の発した、「あのとき、本気で殴ってはいなかった」というひとことで突然、制御できない怒りが湧いて、叫びながら暴れだしてしまうこともあった。

言ってしまえば、そのときの病気の不安や恐怖の元凶は、おおむね父だった。しかし、当時の私にはまだ何もわからず、ただ時々来る、途轍《とてつ》もない怒りをもて余すばかりであった。

9 「強迫神経症」「氷食症」

そんな、青く鬱屈とした日々を送るなか、繰り返す掃除と消毒と不安に、「いよいよ自分は頭がおかしくなったのだ」と絶望の淵に立たされていた18歳の頃、偶然、あるテレビ番組を目にした。

それは「強迫神経症《きょうはくしんけいしょう》」、今でいう「強迫性障害《きょうはくせいしょうがい》」という病気についての特集だった。

その番組を見たとき、心底ホッとしたのを覚えている。

「私だけじゃない。自分と同じ辛さを味わっている人がいる。あぁ、自分が苦しんでいたのはこの病気のせいだったんだ」と……。

だが、それを理解してもすぐに病院に行く、ということはしなかった。理由がわかっただけで、ホッとしたというのもある。今、振り返ると、「そこは早く行っとけよ」と言いたい。しかし、引っ越し後、我が家の家計はどんどん逼迫《ひっぱく》してきていた。専業主婦だった母も中華惣菜屋のパートに出るようになっていて、そのため、あまり金銭的に負担をかけたくなかったのだ。

強迫神経症という病気がある、という説明は家族にしていたように思う。すでに述べた通り、病状は深刻であったので「働く」という選択肢は遥か遠くに輝いているばかりであった。

他の人が〝普通〟にできていることが自分にはできない。その事実が私の自尊心をガリガリと削りとる。「生活をする」ということひとつとっても、私には難しいことだらけだった。「適当に」とか、「手を抜く」ということがうまく理解できなかったのだ。

そう言えば、十代後半のある日、突然、腕や指がかゆくなって半円状の発疹が出たことがあった。その発疹は徐々に顔まで広がり、瞼や頬もボコボコと腫れ出し、なんとも不細工なさまに泣き出しそうになったものだ。幸運なことにその腫れと痒みは数時間で治まり、ことなきを得た。

だが、翌日もまた痒くなったため、近所の内科病院へ行った。しかし、顕著な症状がなくなってしまったので、原因はわからないと申し訳なさそうに言われた。

「昨日すぐ来てくれれば……」とのひとことに、「あんな酷い顔で外に出られるわけないでしょうが！」という言葉をキュッと飲み込んだ。ただ、「おそらくはじん麻疹であろう」という説明があり、「ストレスから来る場合も多く、はっきりとした理由が判明しないこともある」と言われた。

そして、血液検査を受け、結果は1週間後に聞きにくるということで帰された。

だが、翌日、その病院から電話が来た。

「すぐに来てください」

その言葉に生きた心地がせず、内心ザワザワしながら急いで病院へ駆けつけた。

すると、昨日と同じ内科医が、「あー、急に呼び出しちゃってごめんね。あなたね、すごい貧血。ヘモグロビンっていう数値がね、普通の人の半分しかないの」と言ったところまでで、ホッとして一気に力が抜けたのを覚えている。

なんだ貧血かぁー。この先生、訛《なま》ってるなぁ。

なんてゆるんだのを見透かされたように、「これは大変なことなんだよ」と諭《さと》された。言われてみれば確かに、立ちくらみはしょっちゅうするし、体がなかなか思うように動かないし、朝は苦手だし、氷をボリボリ食べるし（氷食症《ひょうしょく》）。ただ単に私が怠け者だからかと思っていたことのほとんどが、酷い貧血からくる症状なのだと教えてもらった。

おまけに私は、大切な鉄を流してしまう、カフェイン含有量の高いコーヒーや緑茶、紅茶などの飲料が大好きだったので、これらの禁止令も出た。


それから鉄剤を処方してもらい、しばらく経ったあと、「おや、スムーズに動けるぞ」と実感し、徐々に身体の健康を取り戻していったのである。

と、言っても、日課の掃除がクラクラせずにキビキビとできるようになった、ぐらいの変化ではあったが。

ちなみに、季節関係なくグラス満杯にして食べていた氷も、鉄剤を半年ほど飲んだあたりから、まったく欲することはなくなっていた。実に不可思議である。とはいえ、鉄不足になっていなければ、こういった症状も出ていなかったわけなので、まさに、「貧血恐るべし」だ。

ガリ
ガリ

10 無職、潔癖、ひきこもり、そして初恋

昼夜逆転の生活をするなか、午前3時頃の天気予報と、ミュージックビデオを流すテレビ番組をなんとなく見ていたとき、私に衝撃が走った。

あるミュージシャンのMVに釘づけになったのである。

かっこいい……。

「ひと聴き惚れ」なんていう言葉はないが、その一曲のMVですっかり魅了されてしまった。名前と曲名を覚えて情報収集を開始する。7歳年上なのか……。どうやらライブをやるらしい。

申し訳ないが、母に頼み込んでお金を出してもらい、都内の道がわからないので姉にも頼んで付き添ってもらう。姉は短気なところもあるが、基本、優しくて私を大事にしてくれていた。

そうして初めて彼のライブに行けたときは、感激で胸が震えたものだ。
毎日、CDで彼の歌声を聴くうちに、自分のなかのある感情に気づき始める。
ファンキーなリズムを奏でるギターも、共感できる歌詞も、キーの高い甘い歌声も大好きなのだが、その童顔のハッキリとした目鼻立ちもたまらなくタイプなのだと自覚した。
ちょうど、私は19歳。

初恋に落ちた瞬間であった（今で言うリアコというやつだ）。

恋をするとよく、「普段の景色も変わって見える」などと聞いてはいたが、まさにその通りだった。まるで、世界がリニューアルされたかのような感覚に、いちいち驚いていた。と、同時に、皆こんなに大変な感情を抱えて生きていたのか？　と、信じられない感覚になりもした。ラブソングの意味が初めて理解できたのである。

それからは、彼のライブがあるたびに差し入れや手紙を携《たずさ》えて、姉と共に渋谷やら新宿やらに出かけた。月一程度とはいえ、ひきこもりを外に引っ張り出すだなんて、恋とは実に恐ろしい。正直、お金を出してくれている母に対して、「申し訳ない」という思いも強かったのだが、会いたいという気持ちのほうが上回っていたのだ。

もちろん、「部屋」に対する不安もしつこく、いつも頭にこびりついてはいたのだが、それに匹敵するくらい初恋のパワーは凄まじく、私の体を動かしていた。

だが、純粋に彼の音楽が大好きだった私にとって、恋心を抱いてしまったやましさ、という黒い感情とも常に向き合わなくてはならず、辛かったのも事実だ。

男性に生まれていればよかった……と真剣に考えていたものだった。

しかし、たとえ男性に生まれていても、私は彼に恋をしていただろうと、今ならば思う。

彼とひとことふたこと、しどろもどろにライブの感想を話せるだけでとてもうれしく、同時に自分のことが大嫌いになりもした。醜い自分自身が浮き彫りになるような、惨めな思いがどうしてもつきまとって仕方がなかった。

本気で人を好きになる、というのはこんなに苦しいものなのか、と愕然とする日々だった。

そんな感情の嵐のなかにいるようなときでも、出会いというのはあるものだ。

ライブを見るためよく渋谷にいたときのこと。夜、文化村通りのいつも同じ場所で、真っ黒な服を着て辻占《つじうら》をしている、年齢不詳な見た目の男性を頻繁に目にしていた。

なぜだかいつも気になって、横目で通り過ぎていたのだが、あるとき、ふと思い立って声をかけてみた。

するとその人は、「飛び込みで話しかけてくる人なんて珍しい」と、にこやかに話し、運勢をみてくれた。

基本は姓名判断と手相。

どれだけ話しても3000円という良心的な値段設定もありがたかった。

そして、やたらと私の見た目を褒めてもくれる。

「凄いかわいい！　色も白いし、美少女キャラだし」などと……。

最初は、「誰にでもお世辞を言う人なのかな」くらいにしか思っていなかった。私自身、見た目にコンプレックスがあり、褒め言葉をまともに受けとれなかったのもある。だが、何度か話すうちに、この人は本気で褒めてくれているのだ、と気づいた。実は私もその人の見た目がタイプだったので、とてもうれしかった。

惜しむらくは、既婚者だったこと。

自己肯定感を少し上げてくれる存在の、いつしかNちゃんと呼ぶようになったその人とは、渋谷に行くたびに鑑定なしで世間話をする仲になっていた。まさに〝渋谷の父〟。話をするたびに元気を与えてくれるNちゃんを、そんなふうに慕うようになっていったのも不思議ではない。

心のなかで、勝手ながら友だち枠に入れさせてもらっていた。

そう、私には、小4の頃に仲良しだった友だちと、小5で別のクラスになってからというもの、友だちと呼べる付き合いの人はいなかったのだ。

ひきこもりというのは、単に家にこもっているということだけではなく、こういうふうに社会とのつながりが断たれた状態のことを言う。

「少しだけでも外とのつながりを得たい」と私が願ったのも、自然なことだったのかもしれない。

第2章 部屋

11

十代最後の日　自分は無価値

十代最後の日のことは覚えている。

母に向かって「美輪《みわ》明宏《あきひろ》さんのように美しくなりたい！」と泣きながら無理難題を言っていた。

母は、「お母さんの子だから美輪さんは無理だよ……」と困ったふうに言っていた。

父の言葉から端を発した、自分の外見をとりわけ醜く思う癖は今でも抜けないが、この頃はそれがピークに近かったと思う。

その反動で美しい人への憧れがやまず、もういっそ生まれ変わりたいとさえ思っていた。

美しくなるための努力というのは、自分なりにしていたつもりだが、その筋トレやメイクなどの努力が、全くと言っていいほど自信につながっていかない。外見ばかり気にして、内面の成長をおろそかにしていたことに気づかないままだった。

成人式には、誰にも会いたくないのでもちろん行かず、記念写真を撮ることもしなかった。

今思うと、振り袖くらい着ておけばよかったと思うのだが、この頃の自分は「無価値」だと思い込んでいたので写真など撮りたくなかったのだ。


そんな自信のなさで、ミュージシャンの彼への片思いも全然進展する気配もなく過ぎていっていた。彼は、私が知ったときはメジャーで活動していたのだが、そのうち活動の場をインディーズに移していた。なのでライブ後に話す機会はあったのだが、いつも私は挙動不審でプレゼントを渡すだけで精一杯、といった有り様だった。唯一、姉だけにはその恋心を打ち明けられていたのだが、ライブに付き添ってもらう以外に手伝ってもらうこともなく、ただおしゃべりを繰り返すばかりだった。

友だちのいない私にとって、姉とは、親友のような間柄になっていた。

無職の自分を省みないわけでもなかったが、正直何から手をつけていいのかすらわからず、やりたいことの欠片《かけら》も見つけられないままでいた。もっと突き詰めて言えば、「部屋」のことを考えて恐怖におののく割合のほうが多く、それどころではなかった、と言ったほうが正確かもしれない。

父との関係は、あくまでも私から見た場合、冷戦状態に近かった。

表面上は普通の親子を演じながらも、心のなかではわだかまりだらけで、ひと皮剥けば恐怖という泥にまみれていた。

そうして、20代前半の若さを活かすことなく、ただ「部屋」に自分を閉じ込めたまま、無為に過ごすばかりだった。

12 与えられた病名は「強迫性障害」

次の転機は20代半ば頃だった。

ある心療内科のチラシを目にしたのがきっかけだった。新しく開院するというその医院は、割合と近くにあって通いやすそうだなと感じた。

私は自分の勘に引っかかる〝もの〟や〝こと〟を総称して、「呼ばれる」と言っていた。ピンときたものは逃さないようにしていたのだ。

とはいえ、通うには母の許可を得なければならなかったので、そのあたりはキチンと話をしたように思う。精神科より心療内科のほうが幾分、ハードルが高くなかった、というのもある。

そうして、発病から10年以上を経て、自分でもよくわからない動機から、ようやく病院へ通うことになった。

初めてその医院に行ったときは、かなり緊張していたと思う。だが、駅からほど近い場所にあるため、その緊張と戸惑いを味わう間もなく着いてしまった。

扉を開けたとき、必然的に他の患者さんたちが目に飛び込んできたわけだが、想像とちがって皆、〝普通〟そうに見えた。少し安堵した瞬間に後ろ暗さを感じた。そう、自分も病気のくせして、一丁前に偏見があったのだ。恥ずべきは無知、である。

まず初めに、自分の状態を問診表に書き込むのだが、これがまあ難しい。具体的に何を書いたのかは覚えていない。若かった私は、自分で自分の症状をうまく把握しきれていなかったのである。ただ、そこに大きな不安と恐怖があったのは確かだったが……。

そして、初めて接した心療内科医は、清潔感のある中年の男性で、少し神経質そうに映った。声と表情が一致しない印象を受けたのが若干、引っかかりはしたが、医者というのはだいたいそんなものかとも思っていた。

ライブなどでたまに外出しているとはいえ、基本、ひきこもりコミュ障だった私は、なかなかうまく症状を伝えられずに、まごついた。「部屋」に誰にも入られたくない、いつも不安がある、手を洗うのに時間がかかる、というところまで言ったら医師が、「あぁ！」と気がついた。逆誘導尋問のような気がしないでもなかった。

かくして、正式に「強迫性障害」という病名を与えられた私は、投薬治療を受けることになる。月に一度、通院し、面談、処方された薬を服用するようになった。そして、数か月ほど経つと、少しずつ強迫観念という名の不安がましになっていることに気づいた。

一気に霧がサッと晴れるようにはいかなかったが、本当に徐々に徐々に……回復へ向かっているのが感じられたのだ。たとえば、外出時には腹をくくって、あとで消毒をすればいいや！　とバスや電車の吊り革を掴めるようになっていた。家の中では相変わらず、消毒に明け暮れてはいたのだが。

しばらくその病院に通うようになって、睡眠障害や気力の低下など、うつ病の傾向も見受けられる、という医師の見解から、そちらにも効く処方薬にしてもらったと記憶している。

そして、私の発病からの期間が長いことから、すぐには治らないこと、それに伴う治療費を少なくできる制度があることを伝えられた。それは、「自立支援医療制度《じりつしえんいりょうせいど》」という、うつ病や統合失調症などの精神疾患がある人の通院医療費を軽くしてもらえる、ありがたい制度だった。正直、本当にこの制度には大きく助けられたし、いま現在も助けられている。

もし、私と同じような不安と恐怖に襲われている人がいたら、怖がらずに病院に行ってみて欲しいと思う。考え込んでいるより、自分を楽にしてあげられる方法がいくつもあるということに、きっと気がつくと思うから。

そして、私と同じく通院しながら闘病している人には、本当に、うんざりするよね、と笑いかけたい。でも、一歩を踏み出したあなたは偉いのだと、自分で自分を褒めてあげて欲しい。それくらいしたってバチが当たらないくらい、私たちはがんばって生きているのだから……。

13 友だちいないコンプレックス

この頃の私は、友だちがいないということをコンプレックスに感じていた時期でもあった。

あるとき、片付けをしていたら目の前に、フライヤーが落ちてきた。それは、最寄り駅近くの額縁屋のものだった。いつももらったものかも覚えていなかったが、勘が働いた私はその額縁屋に行くことを決意する。

もちろん、優しい姉に道案内をしてもらう。その店はギャラリーと古物商も兼ねていて、額装を頼むわけではなくても気軽に行けるような場所だった。

いざ訪ねてみると、木製のドアが渋く、さまざまな額縁が飾ってある店内も、センスの良さが感じられる。カジュアルな格好の店主Mさんは、何をしに来たのかもわからないような我々にも、優しく接してくださった。お店に来た経緯を話すと興味をもってくれた様子だった。

そこで私が図々しくも、「友だちがいないので友だちになってください」と申し出ると、Mさんは「いいよ」と言い、笑った。長年のひきこもり生活は、人との距離感のとり方もバグらせていたようだ。Mさんは、ひと回り以上年下の小娘に対しても本当に優しい。

それからは、病院の帰りなどにお邪魔しては、額縁職人であるMさんを兄のように慕うようになった。


ミュージシャンの彼の追っかけをするうちに、知らない場所にも足を運ぶようになった。お台場の「ヴィーナスフォート」でイベントがあったときのことだ。ライブ前に少し時間があり、フラフラと館内散策をしていたら、ひときわ異様なお店を見つけた。

姉は前からその店の存在を知っていたらしく、「ふみが好きそうだと思っていた」と。ヴィンテージのシャンデリアが輝き、なんとも妖しい雰囲気の店内に吸い込まれるように近づいた。フリーメーソン関連のアイテムや十字架のネックレス、可愛いメダイなどのアクセサリーがギュギュッと陳列されている。ボーッとそのガラスケースを見つめていたら、背の高い中年男性がボソッと、「いらっしゃいませー」と言いながら現れた。そこの店主であるというGさんは、独特な存在感を放っていた。私は鳥の形をした珍しいメダイを気に入り、その説明をしてもらった。結局、その日は鳥のメダイを購入して帰った。私はこの奇妙な店を気に入り、たまに行くようになった。

そして、またもや図々しく、Gさんや他の店員さんに向かって、「友だちになって」とお願いしたのだった。そもそも、友だちとは自然になるものでお願いしてなってもらうものではない。そんなことはわかりきっていたのだが、〝友だちいないコンプレックス〟とも言える現状を、なんとか打開したい気持ちでいっぱいだったのだ。

結果、Gさん、Oさんという小柄なパンクお兄さん、Eちゃんという女の子に、私の〝友だちごっこ〟に参加してもらうこととなった。

お店に遊びに行っては、好きなことをしゃべる、というのを繰り返していて、人間関係のリハビリをさせてもらっていたような気がする。

ただ、お店に行くときは、礼儀として必ず買い物をするようにしていたので、毎回出費はあった。それでも一応、友だちとして相手をしてもらえるのがうれしくて、楽しみな時間だった。

Mさん
Gさん
Oさん
Eちゃん

ちなみに、姉は基本的に面倒見がいい上に、私に対して過保護なので、いつも付き添ってくれていたのだ。

さて、自分でもこの病状をなんとかしたい、人間関係のリハビリも経たし、という思いから、さまざまに調べたところ、投薬治療と共にカウンセリングを受けるといい、という情報に行き当たった。

その頃、26歳。

当時、読んでいた新聞の、とある連載を担当していた、飾らない言葉づかいの精神科医が気になり調べると、カウンセリングルームも開設していると知った。ここでまた勘が働いた私は、母に通いたいと懇願する。カウンセリングは保険がきかないので、我が家にとって痛手になることはわかっていたが、私はどうしても自分を良くしたいという気持ちが強かったので頼み込んだ。

そうして、片道1時間半ほどかけて、そこに通うことが許可されたのだ。

と言っても、道も電車の乗り換えもさっぱりわからないので、いつも通り、姉に付き添ってもらうことになった。

14 そして、事件が勃発する……

正直、このあとに大事件が起こったため、その頃の出来事はあまり覚えていない。

そのなかで覚えているのは、通うことになった精神科病院では、カウンセラーの性別を選べたので女性の方にしたことと、通うようになってから一度遅刻をしてしまって、地下鉄の駅でパニックを起こし、柱に頭を打ちつけていたこと、ぐらいだ。

昔から予想外の出来事に弱い性質だった。

カウンセリングといっても、私の場合は、そのときどきで好き勝手なことをしゃべっていただけだった。その時点でもまだ、自分の生きづらさがどこから来ているのか、ということすらもわからないままだった。

だが、通院とカウンセリングのおかげで、頭の中で「部屋」のことを考えて起こる不安が、前ほどではなくなり、ひきこもりも少しずつ改善していったように思う。

しかし、良いことが起きれば悪いことも起こるのが世の常。

持ち家を手に入れてから、我が家の家計は右肩下がりだったと述べたが、この頃、もうどうしようもないところまで金銭的に逼迫《ひっぱく》していた。

「家」を手放さざるを得なくなるほどに……。

それはちょうど私が、28歳の頃だった。

家計が逼迫していたこともあり、カウンセリング通いもやめざるを得なかった。さらに追い討ちをかけるかのように、長年の片思いも見事に砕け散っていた。ライブ後に、勇気を出してラブレターを送ったのだが、返事はなかった。

そして、「家」を、自分の「部屋」を失うかもしれない、という絶望から病状が一気に悪化する。

考えてもみてほしい。それまで誰も「部屋」に入れないように、潔癖に暮らしていた人間が、いったいどうやって引っ越しなど受け入れられるようになるのか。

私の「部屋」への思いは、〝執着〟と言い表していいほど、強かった。


この頃の記憶は、あとから家族に聞いたことでの補完、ということになる。


私は完全に混乱していた。

家を失うイコール死、を意味していたので、頻繁に暴れては、母や姉に止められる、というのを繰り返していた。

溜まったフラストレーションを発散するかのように、止められると姉に噛み付いたり殴りかかったりしていたらしい。特に、壁や何かに頭を打ちつけるという行為は、私に一時的なストレス解消のような効果をもたらしてくれていた。

〝消極的な死〟に向かおうとしていたのかもしれない。

以前テレビで、アイドルの上原美優《うえはらみゆ》という女の子が、ストレス発散と称して、フライパンで自分の頭を殴る、というのを紹介していた。それ用のフライパンをいくつももってい て、笑顔で画面に映っていたが、彼女は後年、自殺した。


だが、幸いなことに私には、自分を殺すだけの勇気はなかった。

代わりに、強い憎しみを父に向かってはっきりと表すようになっていた。

現状への不満と積年の恨みが絡まり、それはもの凄い負のエネルギーとなって放出されるようになったのだ。


一度、猛烈に怒った私が頭を打ちつけるのを止められ、今となっては思い出せないが、何か暴言を吐きながら父に頭突きをかましたり、口に含んだ水を吹きかけたりと大暴れしたことがあった。その様子は、まるで映画『エクソシスト』の悪魔に取り憑かれた、少女リーガンのようだったらしい。

しばらくして救急車と警察も来て、ご近所がちょっとした騒ぎになっていたようだ。

夜だった。

覚えているのは、救急救命士の人が父に向かって、「あなたはこの子のおじいさん？」と問いかけていたこと。

私にとっては恐怖の対象である父も、他人から見ればただの老人に過ぎない、という事実。


このときの私には、父に対する抑えきれない殺意があった。

母と姉が必死に止めてくれたおかげでことなきを得たが、他に誰もいなかったらと思うと、正直、どうなっていたかはわからない。

多くの「家庭内殺人」というものは、こういったはずみで起こっているのかもしれないのだ。

まぁ、そのときにはそんなことを考える余地もなかったのだが……。


いつのまにか救急車に乗せられていた。

着いた病院の駐車場で担架に横たわったままの私が夜気《やき》に触れ、ふと、「森の匂いがする」と呟いたら、救命士の人が優しく、「そうだね」と返してくれた。

完全なる独り言のつもりだった言葉に応えてくれたことが意外で、その人の顔は覚えていないけれど、あの真剣な眼差しは覚えている。生と死の狭間にいる人間にとって、その人の言葉が本当かそうじゃないかなんて簡単にわかるものだ。

それから、病院内で最初に接してくれた看護師の人。担架のまま移動させられている私に、「大丈夫?」と顔を覗き込みながら問いかけてきたその目は、まるで母が我が子に向ける慈愛そのものだった。他人にそんなふうに、真剣にまっすぐ心配された経験がなかった私は、心の奥底を揺さぶられ、気がつけば涙を流していた。

これらの記憶の断片は普段、辛く思い出したくないもの、として箱の中に固く閉じ込められている。その深い底で、あの優しさや温かさは砂金のように煌めきながら沈んでいる。それらを掬《すく》って見つめるとき、どんな経験にも必ず意味がある、ということを実感するのだ。

頭を打ちつけていた私は、まず病院で脳内を調べられることになった。CTスキャンに入る段になってようやく、自分がパジャマ姿のままなのが思い出され、妙に恥ずかしくなったのを覚えている。

診断結果を聞く際、医師の前で力なく座っていた私がボーッと振り返ると、３人の警察官がじっとこちらを見つめていた。そのときは思考が停止しているような状態だったのでわからずにいたが、私が再び暴れだしたら抑えて警察病院に収容するために見張っていたらしい。

担当の医師はこちらを見ることもなく、パソコンの画面と手元の書類を交互に見比べながら、横顔を見せ続けていた。比較的若く、肩下あたりまでの髪をひとつにくくった地味な印象のその女性は、私の脳に異常がないことを伝えてきた。

それから、まるで私がいないかのように、私の症例に似た、関係のないおじいさんの話を、病院内のスタッフに向けてしだした。第三者である私が聞いても不愉快になるような、人を馬鹿にしたような物言い。そこには、患者を尊重するというような敬意は一切、感じられなかった。そしてときおり、抑えきれないとでもいうように漏らす笑い。

もう少しで椅子ごと蹴飛ばそうか、という寸前までざらついた怒りが湧いていたが、それを行動に移すまでの気力は残っていなかった。結果としてよかったと思う。医師といえども、人であることには変わりがないのだ。

混濁した意識のなか、一夜にして人間性の天と地を垣間見たことは、胸に刻まれている。

地の底にいるような感覚のなか、また別の病院に運ばれた。今度は精神科病院に行ったようだったが、それは記憶からすっぽりと抜け落ちている。

15 抜け落ちた記憶 新天地へ

次に覚えているのは、真昼、精神科、微かにアンモニア臭のする待合室で、診察を待っている場面だった。

私は、昨夜負傷した片目に眼帯をして、なぜか大きめのクマのぬいぐるみを片手で抱いたまま、ジッとしていた。

どうやら姉が、私を少しでも落ち着かせるために持たせていたらしい。眼帯をしていると片目でものを見なければいけないので、少々、歩きづらい。

名前を呼ばれて診察室に入ると、男性医師がアレコレと質問をしてきた。

私は、「最終的に父を殺さなければいけない」と繰り返し言っていたように思う。

医師は困ったように、本当に幻聴はないか、と何度も聞いてきた。

私の積年の恨みがうまく伝わらなかったようで、統合失調症と間違えられそうになっていたようだ。

その病院は、おもに、入院しなければいけないような状態の人がかかるところだったらしく、頓服薬を処方してもらって様子を見る、という結果になった。

ちなみに、父も私の攻撃を受けて、右目の周りを青黒くさせていたらしい。


さて、私の記憶のなかでは、そこから急に次に住む家を姉と共に探す、という場面に飛んでいる。

なぜ、あれほどまでに拒んでいた「引っ越し」を、受け入れられるようになったのか……。それは今でもわからない。

だが、あの救急車騒ぎの一夜が、何かのきっかけになったのは確実だろう。憑物《つきもの》が落ちたかのように、意識を切り替えられたのだから。


ちなみに、通っていた心療内科で前述の騒動を話したところ、「次にそういうことが起こった場合、当医院には入院設備がないため、転院することをオススメします」云々。とどのつまり、うちじゃ診きれないよ、と言われたのだ。

普通、そこまで言われたらば、シュンとして病院を変えるだろう。だが、まさに「狂って」いた私は、薬さえ処方してもらえれば構わないと、転院しなかったのだ。

……なぜなら「面倒くさい」から。

のちに私が尊敬することとなる、ある作家が、「面倒くさいは狂いの始まり」という名言を残しているが、本当にそうだなぁ……としみじみ思う。

父と母は仕事で忙しく、兄はもう家を出ていたので、必然的に姉と私が物件探しを任されていた。

持ち家の引き渡し期限が迫っていたので、慌しく過ぎる日々。

担当だった不動産屋の女性は、眼帯姿の私にも優しく接してくれていた。「お姉ちゃんは……」と話しかけてきていたので、おそらく、子どもだと思われていたにちがいない。長年のひきこもり生活のためか、その頃の私は、ときどき妙に若く見られることがあったのだ。

「お前は苦労をしていないから若く見られるんだ」と、友だちごっこに付き合ってくれた

Eちゃんに言われたこともあったが、あんたこそ私の何を知っているのだ、という言葉を、寸前のところでグッと呑み込んだ。それがすんなり言えていたなら、私の人生も少しはちがったものになっていただろうか。


何日かかけてようやく、いいんじゃないか、と思える物件に出会えた。

生活圏もさほど変わらず、スーパーマーケットなども近く便利な場所。

築年数は古いし、前の「家」よりも狭かったが、一軒家にしては家賃も安く、私の「部屋」も確保できる。

それからは、あっというまだった。

新しい家の掃除に通い、「家」では段ボールに物を詰め、引っ越し作業をする。

掃除の途中で姉と一緒に、カーテンもかかっていない1階のガランとした部屋の中央で、マクドナルドのハンバーガーをかじっていた。下校途中の中学生とガラス越しに目が合って気まずかったことが、やけに思い出深い。

16「家」と「部屋」との別れ

そして訪れた引っ越し当日。

曇り空の朝。

段ボールの積まれた「部屋」のなかで私は、静かに感謝を伝えていた。

笑われるのを承知で言わせてもらうと、そのとき、確かに「部屋」は言語外の返事をくれていたのだ。

思い出と共に積み重ねられた荷物を眺めながら、意外とさっぱりとした心持ちでいるものだな、と、自分を俯瞰で見ていたら、玄関のチャイムが鳴った。

ガヤガヤと活気あふれる空気を連れて、引っ越し業者の青年たちが挨拶をしながら入ってくる。寸暇を惜しむ勢いで、タッタッタッタッと階段を上ってくると、青年は白い靴下で、私の「部屋」の結界をあっさりと破って、颯爽と荷物を運び出していった。

そう、本当にあっさりと、一瞬で「部屋」はただの部屋になったのだ。

プロの仕事は手際よく進んでいき、「家」の荷物は数時間で新しい家へと運ばれて行った。


家族みんなで新しい家に行き、忙しく荷ほどきなどをする。

休憩を挟みながらひと通り済んだ頃にはもう、とっぷりと日が暮れていた。

そして、改めて「家」に忘れ物などがないかの最終確認をしに戻る。

がらんどうになった「家」は、よく似た他人のようにも見えた。

家族各々、最後の別れを伝えていたように思う。


全員で玄関の下駄箱の上に、今まで使っていた「家」の鍵を置いた。どうせ鍵は変えるのだから、持っていてもかまわないと言われたのだが、そうしたほうがきっぱりと決別できるような気がして、「ありがとう」と「さようなら」の気持ちを胸に、鍵を手放した。

実際に「ありがとう」と声に出して言うと、涙は止めどなくあふれ、たまらない感情が

身体中を駆け巡る。

まるで肉親との別れのように、辛く寂しく、もの悲しい夜だった。


そうして、新しい家での生活がスタートした。

私はまた新たに、「部屋」を作り出さなくてはいけなかったのだが、もう以前のような強い結界は張れなかった。

前の「家」や「部屋」のように特別な感情は湧いてこず、ただ綺麗にすることでなんとか精神を保っていたように思う。とはいえ、自室に誰も入れないのは相変わらずであったが。


父は返しきれなかった「家」のローンを、自己破産することで清算していた。

住宅が高額な時期に買ってしまった「家」だったので、もし私が無職でなかったとしても、中卒ではとても払いきれない金額のローンが残っていたわけだが……。

自分が働けていなかったというのは、自責の念が残るところではあった。しかし、あの頃の私の状態では、不安定すぎてどこにも雇ってもらえなかっただろうと思うし、実際、「働く」という選択肢は選べないほどに具合が悪かった。

一番の問題はその父との関係にあったのだ。

新しい家での暮らしになっても私は、以前の「家」に帰りたいとよく泣いては家族を困らせていた。その感情は自分でもどうしようもないほど強く、暴風雨の中にいるような激しさだったと聞いている。

私の怒りの矛先は、父に向けられていた。

例のごとく、曖昧な記憶を掘り起こすと、突如、猛烈にキレては椅子を投げて壊したり、暴れたり。引っ越して最初の正月には、父を家から追い出したりと酷いものだった。

とどのつまり、「家」を守れなかった父が許せず、同じ空間にいたくなかったのである。

このとき、全ての負の原因を父に負わせることで、なんとか自分の精神を保っていたのかもしれない。

それから、たまに泣いたり暴れたりを繰り返しながらも、少しずつ現実を受け入れ、新たな家での暮らしにも慣れていった。ありきたりなようだが、〝日にち薬〟というように、

「家」との別れも時間が癒してくれたように思う。

それと同時に、父への怒りも少しだけ収まりつつあった。

「家」を失うことへの無念さや悲しさは、父も同じく感じていたということが、芯から理解できたからだろう。

17 平山夢明との出会い

この一連の出来事の間も、通院と服薬は続けていた。

強迫観念はほとんど落ち着いてはいたが、消毒などの強迫行為はしつこく残り続け、私を自由にはしてくれなかった。

それと、たまに突然くる猛烈な怒り。

自分ではコントロールしかねる、突風のような暴力性を伴う感情。

これらはもう、すでに私の一部と化していたので、特に疑問も持たずに服薬を続ける、という選択をしていた。

29歳の頃に、本屋でフラフラと買い物をしていたとき、平置きされていたある文庫本から目が離せなくなった。

勘がピンと働いたのだ。

その本の装丁は赤く、奇妙なタイトルで明らかに私を呼んでいた。

その日はパラッとめくり、ホラーだと気づいて慌てて元に戻した。私は怖いのが苦手だったのである。だが、別の日に本屋に行ったとき、またあの本に〝呼ばれ〟たのだ。勇気を出してまた頁をめくると、それは短編集で、ある話に自分の名前が出てきた。

びっくりして少しだけ読んでみると、ますます気になって仕方がない。

だけど、怖い。

ユラユラする気持ちを抱えたまま、結局その日も買わず、また別の日に呼ばれたとき、ついに観念して買ったのだ。

それは、『独白するユニバーサル横メルカトル』という作品集だった。

読んでみると、それはそれは怖かったのだが、不思議と浄化されたようなスッキリ感があった。特に気に入ったのは、自分と同じ「ふみ」という名の少女が出てくる『無垢の祈り』という作品だ。

学校ではいじめられ、家では虐待されている少女が、連続殺人鬼に救いを求めるという話。

私は「ふみ」ほど酷い環境にはいなかったが、読むと胸の底がチリチリしてくる。私が彼女と同じ立場だったとしても、連続殺人鬼に「あいたい」と願っただろうし、自分の周りのイヤなやつを倒してくれる空想をしただろうなと思う。あの場面では思わず胸が共感でいっぱいになる。

それは、脳天を揺さぶられるような読書体験と形容しても過言ではない。

それが平山夢明との幸福な出会いだった。

それからは、平山さんの物語はもちろん、あんなに苦手だったホラーが大好きになってしまったのだ。

この変化はなんなのか。自分なりに考えてみた。

答えは、「精神の底辺を知ったから」なような気がする。

ホラーは心の浄化になり得るのだ。

「恐怖には怒りをぶつけると相殺《そうさい》できるのだ」とも学べた。

なかでも、『エクソシスト』は海外映画で一番のお気に入りになった。エクソシストTシャツは何枚も持っているし、スニーカーまで所持している。

悪魔に憑かれたリーガンに感情移入するわけではないが、暴れていた私もずっと、「ヘルプ・ミー」と訴えていたんだろうな、と思う。

18

スリランカ人に告られる

少し病状が落ち着いていたその頃、家族とホームセンターに買い物に行った。新作のシャンプーを見に、フラフラとひとりで売り場をうろついていたところ、私の右側から、今まで感じたことのないような空気が流れてきた。

なんだろう……と思っていたらば、大柄な知らない外国人男性がシャンプーを手に、「これなんてよむんですか？」と訊いてきた。素直に教えてあげると彼はお礼を言い、突如、世間話を始めた。

そして、「このへんにすんでるんですかー？」「なんさいなんですか？」などの質問も……。私がまともに答えていたら、いつのまにやら連絡先を交換することになっていた。

なぜだろう……。

彼はスリランカ人であるらしい。

そして、不審者と思われないように運転免許証などを見せてきた。それに、私が家族と合流してからもにこやかに挨拶をして、とても感じが良かった。

車で帰るときも、わざわざクラクションを鳴らして駐車場を出ていく。

いい人だなぁという印象だった。

彼はすぐにメールをくれた。「こんどいっしょにらんちでもしませんか?」と。「ふたりきりがふあんだったらおねえさんもいっしょにどうぞ」と……。

まぁ、いいか、暇だし。と了承する。

約束の日。

心配した姉も一緒に3人でカレー屋にてランチをした。

正直、どうでもいい記憶は薄めてしまう癖がある私は、このあたりの記憶もだいぶ薄いのだが、要約すると、彼は私にひと目惚れをしたので、日本語が読めないフリをしてナンパした、と。

で、いきなり「付き合ってください」と言われたので即座に断った。

人に好意を寄せられるというのは悪い気はしないが、タイプではなかったのだ。

でも彼は、何度断ってもゾンビのようにまた告白をしてくる。何日経ってもあきらめないその姿勢に疲れた私は、「まぁ、いっか。私のことをこんなに好きと言ってくれる人もそうそういないし」と思い、お付き合いをすることになった。

私の恋愛感情はゼロである。


初めての彼氏がスリランカ人というのも、なんだか面白い。

だが、人と付き合う、というのは案外、面倒くさいことだというのを、のちのちになって知る。

それに、お気づきの方もいらっしゃるだろうが、「気がつけば29年間、処女だった。」という問題も……。


失った若さを振り返るから言えることなのだが、この頃の私はぽっちゃりめではあるものの、なかなかいいスタイルをしていた。

胸は大きく、ウエストはくびれ、お尻のラインも悪くない。二の腕と太腿が太いのが自分では許せなかったのだが、それもまた男性から見れば魅力と映っていたようだ。

そんな体をした処女を、彼が放っておくわけもなく、ほどなくして、当然のように体を求められた。

まぁ、特になんの感慨もなく、あっさり処女を失ったわけだが、「めっちゃくちゃ痛かった」というのだけは言っておきたい。しかも、慣れるまで何回も痛かった。初めてセックスする相手は好きな人がいいとよく言うが、あれは、「あんな痛みは好きな人相手じゃないと耐えられないから」という意味じゃないかと思う。

私は憤慨しながら耐えていたのだ。

早く終わってくれ。こっちはこんなに痛いのに、男は気持ちいいだなんて不公平だ、と。

つくづく男に生まれればよかったと思ったものだ。

とはいえ、付き合って嫌なことばかりだったか、と問われるとわりとそうでもない。

「大好きだよ」などと他人に真っ直ぐに言われるのは、生まれて初めてで、自己肯定感が高まるようなうれしさがあった。

デートのときは、彼が車で家まで迎えに来てくれていたし。

行きたいところなんてもちろんない私の代わりに、ショッピングモールに行ったり、水族館に行くなどのプランを考え、デート代も全額おごってくれていた。

なかなかいいやつである。

食事はやっぱりカレー屋に行くことも多かったが、焼き肉屋にもトンカツ屋にも、いろいろなところへ行った。

彼の家で、彼が手料理をふるまってくれたことも。そこで、むっちゃくちゃ辛いカレーが出てきて、涙と鼻水を垂らしながら食べた思い出がある。

総じて、「女の子扱い」をされるのも嫌じゃなかったなぁと思う。

それに、彼は、私の家族と顔を合わせるたびに、キチンとにこやかに挨拶をする礼儀正しさもあり、その辺も悪くないと思っていた。

第3章 学校

19 初めての"サクラサク"

そうこうしているうちに、私も三十路《みそじ》になった。

否が応でも人生を深く考えずにはおれなくなる、という時期に差しかかっていた。今までも考えていなかったわけではないのだが、あまりにも精神が不安定すぎてそれどころではなかったのだ。

さて、これからどうしようか。

そのタイミングで近所にショッピングモールが開店すると聞く。

「バイトしてみようかな」と思い立った。いつもの勘である。ちょうど、新規で募集しているところも多いし……。

そうして、生まれて初めて、履歴書というものを書くに至った。

学歴は中卒で、職歴は、なし。証明写真の写りも、いまいち気に入らなかったが仕方ない。

パン屋とジューススタンドの面接を受けたが、あっさりと落ちた。けっこう気合いを入れて臨んだので、ショックだった。

そこで私は、落ちた理由を考えだす。……やはり、中卒だからかな。わりと歳いってるのに職歴もないし。と、思い至り、今度は、「あ、学校に行ってみよう」と閃《ひらめ》いたのだ。またもや、あてにならない勘である。

子どもの頃、あんなに嫌いで仕方なかった〝学校へ行く〟という選択肢を選んだ自分にも驚いたが、私の性格にも変化が表れてきていた。それは歳を重ねたせいなのか、服薬のおかげなのか、人の視線や態度を察するのにも鈍感になってきていた。それが良いことか悪いことかはわからない。だが、数々の苦難を乗り越えるごとに、少しの図太さを身につけ、それは私をほんの少し生きやすくさせてくれていた。

学校探しにあたって、むかし通っていた塾の塾長に相談してみようと思い、連絡をして母と共に訪ねていった。

通っていた期間は短かったのに、塾長は私のことを覚えてくださっていただけでなく、温かく迎え入れてくれた。

まず、私が自分で調べていた、家から一番近くの定時制高校のことを訊くと、塾長は、「駅から遠いし設備も古いし、あまりおすすめできない」と答えた。そして、私が考えもしなかった商業科のある高校を提案し、「ここなら夜でも道が明るくて危なくないし、校舎も綺麗だしいいよ」と教えてくださったのだ。それに、「商業の勉強なら他の子たちと一緒のスタートだから」と……。勉強は嫌いではなかったが、学校に行かなくなってから、〝学ぶ〟ということ自体も遠のいていたので、塾長のその言葉は、グッと胸に響いた。

もうひとつ、普通の定時制高校だと卒業までに4年かかるが、この学校は一限前にゼロ限という早めの授業をとると、3年で卒業できるという。

即決とまではいかなかったが、「まずは見学に行ってみたら?」という問いかけに私はうなずいた。その他の事務手続きなどの方法も教えてもらい、高校に行く具体的なイメージができていったように思う。

だいぶハートが強めになっていたとはいえ、元が脆弱《ぜいじゃく》だったため、私は電話が苦手であった。だが、ここでビビっていては、学校に通うなど夢のまた夢。塾長に教えてもらった学校に、見学の電話を入れるだけで震えるのが、そのときの私の現実だった。

とにもかくにも、なんとか見学予約ができた私は、大仕事を終えたような気分になっていた。それから、見学を済ますと、説明、手続き、受験、と、トントン拍子で進んでいった。決め手がなんだったのかは忘れたが、たぶん、勘だろう。

最寄り駅から歩いて10分の、緩やかな坂道を上って行くと見えてくる校舎。初めて行ったときには、道がわからず、20分もかかってしまった。そう、私があまりひとりで出かけられなかったのは、人見知りなだけではなく、方向音痴なせいもあるのだ。地図が読めないのである。

受験の日は、テーマに沿った作文の筆記試験に加えて、面接もあったため、ガチガチに緊張していた。覚えているのは、3人の男性の先生方がいて、「なぜ、その年齢になってまた学ぼうと思ったのか？」というような質問をされたことだ。

「純粋に、勉強がしたいと思ったからです」と答えると、ひとりの先生が「もう合格だよ」と笑顔でおっしゃってくださった。本来ならば、合格発表前に冗談でもそんなことを言ってはいけないのだが、私のやる気を汲んで、そうおっしゃってくださったのだ。

それが、のちにお世話になるS先生との出会いだった。

合格発表の日。

前日は、緊張のためなかなか寝つけず、少し寝坊してしまった。慌てて身支度を済ませ、ドキドキしながら学校に行く。我が家の最寄り駅から5つ目の大きな駅で各駅停車の電車に乗り換え、ひとつ目の駅。さすがに覚えた道順を辿っていると、S先生とばったり会った。と言っても、失礼ながら私はS先生の顔をまだ覚えていなかったので、先生からの声かけで気づいたのだ。

緊張していたので挨拶を交わしたことくらいしか覚えていないのだが、優しいなぁと思いながら学校に向かった。

結果は「合格」だった。

今まで生きてきて、初めて受験というものを経験し、初めての〝サクラサク〟。じんわりと、胸にうれしさが広がった。

そんなこんなで、31歳にして晴れて高校生になったのである。

久方ぶりの「学生」という肩書きを得て、これから3年間、何があってもがんばり続けようと決心したのであった。

20 同学年で大人はひとりだけ

入学説明会のときに、「おや？」と思ってはいたのだが、その疑問符は入学式で確信に変わった。

クラスメートの子たちだけではなく、同学年で大人なのは私ひとりだけだったのだ。15～16歳の子どもたちと、少し年上だが10代の子が3人。塾長や高校の先生方の説明では、「大人もいる」とのことだったので期待していた分、ガッカリしてしまったのだ。

心のなかで、「まぁ、勉強しに来たんだし、友だちなんかできなくてもいいか」と思い直した。

席順も決まり、ひととき頭を霞ませながらボーッとしていると、クラスの女子3人が私に声をかけてきた。何かと思いきや、「ねぇ、本当に31歳なの？」と、怪訝そうな顔で問いかけてきたのだ。

また言わせてもらうが、この頃の私は異様に若く見られることが多かった。黒髪ロング、短めの前髪パッツンがお定まりのスタイルだった。どうでもいいことではあるが、私は小学生の頃から白髪があったので、白髪染めをしていた。おまけに、フリフリとした服が好きで、入学式当日はクラシカルロリータふうの、首もとがチョーカーをしているようなデザインがお気に入りの、膝丈紺色のジャンパースカート。それに白のフリルがついたスタンドカラーのシャツをなかに着て、白いタイツをはいた上に、白のレースの靴下を重ねばきしていた。


あとから友人に聞いた話によると、「ゴスロリの人がいる……」と思われていたらしい。


それはいいとして、担任の話をしたいと思う。

初めて会ったときに、私は自分の年齢や病状を率直に伝えた。

すると、「私はそういう子の担任も務めたことがあるから」と理解を示してくれた。50代後半あたりの短髪の男性教師は、保健体育と体育の担当だという。「精神病にも詳しい

から心配しなくていい」というようなことも話していた。

ホッとして、本当にいい学校に入れて良かった、などと思っていたのも束の間。この担任が、これから始まる高校生活の一番のネックとなるのだった。


まず、「ん?」と思ったことは、プリントを配るとき、指に唾をつけながら紙をめくっていたこと。シンプルに汚い。指サックでもはめてくれと思った。「でも、まぁ、歳をとると皮膚も乾燥するしな」なんて自分を納得させていた。

周りは子どもだらけで、どことなく疎外感を抱いていた私は、給食の時間に一緒に食べる友だちもいなかったので、担任の隣を選択した。

これが最大のミスだった。「クラスの子と食べなさい」なんて言われても、「まだそんなに仲良い人いないし」と思い、無言で隣の席についた。長いテーブルの連なった食堂で、なんとなく、「先生はご結婚されているんですかー?」などと、どうでもいい質問をしたのがいけなかった。

ふたつ目のミス。ブツクサと何ごとかを呟いた担任は、明らかに動揺していた。が、鈍感力を身につけた上に自分自身のことでいっぱいいっぱいだった私は、ただ黙々と米を口に運んでは咀嚼する、を繰り返すだけ……。久しぶりの勉強と、10代の子と同じメニューの体育に疲れて、キャパオーバー気味になっていたので仕方ない。

体育の授業では、皆、学校指定のジャージをはいていた。上着は自由だったので、私は主に、映画『チャイルド・プレイ』の人形チャッキーのプリントのTシャツを着て、バスケやバドミントンや卓球をしていた。思い返すとなかなかにシュールである。

座学では、初めて学ぶ経済学や秘書実務など面白い科目も多く、毎日張りきって通学していた。

最初のうちは、午前中に目を覚ますと、洗濯や掃除などの家事を済ませていた。そして、通学の準備を整え、家から歩いて約15分かかるバス停まで行き、バスで揺られること10分。自宅の最寄り駅に着き、乗り換え時間も入れると、30分ほど電車に乗る。学校のある駅に着くと、そこから歩いて10分だ。

早めに学校に着くようにして、ゼロ限の準備をして待つ、というのがルーティーンになっていた。

夕方から授業が始まり、給食は夜ごはんの時間となる。4限が終わると、夜8時55分。

気のきいた先生はもっと早めに終わらせてくれる。そして、そこから帰るので、ダラダラとした日々を送っていた私にとっては、なかなかハードな日常であった。

　眠りの問題は相変わらずあったが、1年生の初めのうちは、ピンッと気を張っていたので、なんとかなっていた。

21 担任教師からの罵倒攻撃

問題が起こったのは中間考査前の個人面談だった。

毎日、授業後に出席番号順で担任と面談することになっていたのだが、廊下で帰り支度をしていると、泣きながら教室を出てくる子がチラホラいた。どうしたんだろう……と思いつつも、声をかけるのも憚《はばか》られる様子に胸騒ぎがしていた。

そして、私の面談の日。

「よろしくお願いします」と挨拶もそこそこに、担任は一気呵成に、言葉で私を攻撃しだした。

この人のしゃべっていることは、なぜか半分くらいしか意味がわからない。同じ言語を使っている人間とは思えない。思い出すのもいまいましいが要約すると、「おまえの言葉づかいはストレートすぎる。いつかそれで問題を起こして学校をやめる。俺は教師生活が長いからそれがわかる」というようなことを言っていた。

ついでに、「おまえは前に俺に向かって結婚の話をしたが、離婚している人の気持ちを考えてみろ」的な……。

「あぁ、離婚してたの、傷付いてるんだ。つか知らねーよそんなこと」っと、心の底から思ったが、そのときは味方をしてくれると思っていた担任に、いきなり攻撃されてショックが大きく、言葉に詰まってしまった。

反論をしようにもさえぎられ、顔は悔し涙でボロボロに崩れていた。10分で終わるはずの面談は、罵倒され続け20分は過ぎていた。

その日に面談する予定だったふたりのクラスメートに謝ったら、「いいよ。大丈夫？トイレ行ってきなよ。その顔じゃ、すぐ外に出られないだろうし」と、男前な言葉が返ってきた。事実、ウォータープルーフのはずのマスカラは、涙と共に滲んでいた。あんな大人崩れより、15歳の子のほうがずっと優しい。

それでも止まらない悔し涙をどうにかしようとしていたら、何度か挨拶をしたことがある、ちがうクラスの女の子に、「どうしたの？　大丈夫？」と声をかけられた。その子は帰り道が同じ方向で、「一緒に帰ろう！」と慰めてくれたのだ。

彼女はフィリピンハーフで、皆よりふたつほど年上の美人さんだった。そのしっかりした性格のIは、先ほどの顛末《てんまつ》を聞き、「あいつ最悪だよね！」と一緒に怒ってくれた。そう、あいつこと担任は、評判の最悪教師だったのだ。

私たちのクラスは、始めから貧乏くじの当たりを引いていたようなもの。がっくりしたが仕方ない。

だが、家に帰っても怒りは止まず、泣きながら叫ぶというパニックを引き起こしていた。引っ越し騒動以来の発作だった。他人をこんなに憎く思ったのは本当に久し振りで、父以外の人にも怒るんだ、とつくづく思ったものだ。

さて、ここで私がどういう反撃に出たかというと……。

翌日。本当に最悪な翌日。

私は担任に、「話がある」とひと気のない場所まで連れて行った。

そして、「昨日は取り乱してしまって、すみませんでした。それから、先生に失礼なことを言ってしまって申し訳ありません」と、とびきりの笑顔で言ったのだ。

なぜ、あんなに怒っていたのに謝ったのかというと、要は、鏡にならない、と決めたからだ。怒りに怒りを返しても、決して良い結果は生まない。それよりも、受けた怒りのエネルギーを、優しさで包んで返そうと考えたのだ。

そうして、貼り付けた笑顔の奥で、この悔しさを糧にして、何がなんでも絶対に卒業してやる！　と、固く心に誓ったのだった。

22

かつての不登校児がおくるスクールライフ

担任からの罵倒で精神的に不安定になったものの、気持ちを切り替えられたのは、Ｉの存在のおかげだった。彼女がいなければ、心がくじけて学校をやめていたかもしれない。実際、あの担任のせいでやめた子もいたのだ。

あの日から私たちは仲良くなり、よく通学を共にするようになっていた。我が家からの最寄り駅より、ひとつ先の駅がＩの最寄り駅だった。そのため、しょっちゅう待ち合わせをしていたのだが、バイトもしていたＩは、ちょくちょく時間に間に合わず、私まで電車を1本見送ることも多かった。時間にルーズというか、おおらかなＩは、私とは正反対の明るさをもっていて、そこに救われることも多かった。

とはいえ、現実問題として、Ｉと待ち合わせると、ギリギリの時間の電車に飛び乗り、バタバタと学校まで走って行くのがいつもの登校風景となっていた。

私は置き勉をしない派の人間だったので、教科書の詰まった派手な花柄のリュックを揺らしながら毎日、登下校をしていた。


ところで、定時制高校に通う学生は、Iだけではなく昼間に働いている人が多い。中間考査前にはほとんどの子がアルバイト先を決めていた。ひるがえって、私にはまだ働けるほどの余裕はなく、毎日の服薬と掃除と通学で精一杯であった。

肝心の中間考査だが、返ってくると平均して点数が良く、100点がいくつかあった。なかでも、「ビジネス経済」という科目で満点をとったときは、職員室でどよめきが起こったらしい。

そして、明らかに担任の私を見る目が変わった。揚げ足取りばかりする性格には変わりはなかったが、自分のクラスに優秀な成績をとる生徒がいる、というのが誇らしかったのだろう。

お前の手柄ではないのだがな。

総じて私には商業の勉強が向いていたのかもしれない。がんばって勉強をすることによって、三十路を過ぎてようやく、目に見えて親に喜んでもらえることができて本当に良かった。勉強は自分のためにすることだけれど、いくつになっても親に褒めてもらえる、というのはうれしいものなのだ。

Iとの友情を皮切りに、同じ科目をとっている他の子たちとも少しずつ仲良くなれた。入学前はひと回り以上年下の子どもと友だちになれるだなんて、思ってもみなかったが、それもまた偏見だったのだなと感じた。

年齢はただの記号にしか過ぎない。

定時制に通う子たちは、さまざまなハンデを背負っている人が多く、問題を抱えている場合もままあったが、その分、内面の成長が早い人も多かった。

一度、触れ合うと子どもとか大人だとかは関係なく、その人「個人」として接するので、年齢差より個性に目が向くこともわかった。

何ごとも学び。始めるのに遅すぎるなんてことはないのだなと感じていた。

担任は最悪だったが、いい先生はたくさんいた。面接のときのS先生を始め、隣のクラスのK先生や国語のR先生など、よくしていただいた先生は数えきれない。苦手な科目もあったが、質問をしに行って、嫌な顔をする先生はひとりもいなかった。

気がつけば、仲良しのフィリピンハーフのI、お調子者のO、ノリと面倒見のいいR、気難しいYちゃん、前向きで美人のAちゃんなど、いつも誰かしらとしゃべっては楽しく過ごしていた。なかでもYちゃんは、つっけんどんな態度が難攻不落の城を思わせ、謎の闘志が湧き、絶対仲良くなってやる……とじわじわ攻めていった結果、友だちになれた。私のなかでは対等に付き合える子と、親心みたいな気持ちで見守る子と、自然と区別ができていた。

今、振り返ると、本当はどんな人とも対等に接するのが一番良いように思う。だが、私自身もまだ未熟で、人間関係の勉強をしている途中だった。

中学まで自分が学校を楽しめなかった分、今、通っている子たちが少しでも学校を楽し

く過ごせるように、と気を配ることが多かった。友だちたちの誕生日には、ささやかなプレゼントを用意するなど……。

要するに大人ぶりたかったのである。

23 初めて楽しめた文化祭

1年生のときの大きな出来事といえば、文化祭である。

もともと時間が限られた定時制高校には、文化祭というイベントはなかった。だが、その年の生徒会の人たちが、どうしても文化祭を開きたい、とがんばって教師の方々に働きかけた結果、開催されることとなった。友だちが生徒会に入っていた関係で、私も有志としてお手伝いすることになった。

限られた時間と場所と予算内で、何ができるのか。皆で真剣に考えて、出店や出し物を決めた。

いつもより早く学校に行って、授業の前に作業をする。授業が終わったあとにも残って作業をするなど、がんばっていた。皆はその前に仕事もあったから、本当に大変だったろうと思う。

文化祭当日はハロウィンも近かったため、各々仮装をして店番をした。私はカラコンと猫耳を装着して黒猫に扮する。おもに制作に携わった、なげわの出し物の看板猫をしていた。先生方も貞子になりきったり、被り物をしたりして盛り上げてくださった。

結果、楽しかった記憶として残っている。

そんな目まぐるしい日々のなか、Ｉが突如として学校をやめると言い出した。彼女の出自は複雑で、日本とフィリピンを行ったり来たりしながら育ってきていた。いろいろな問題があったのだが、大まかには金銭的に苦労していて、学校に通うより仕事を優先せざるを得なくなったそうなのだ。

彼女は賢いとはいえ、日本語が完璧とは言えなかったため、よく私が漢字を教えてあげる代わりに、英語を教えてもらう、などしていた。

そうして助け合いながら勉強をして、一緒にがんばってきていたので、私はどうしても彼女と共に卒業したかった。

わなげ

彼女の担任であるK先生にも何度もかけ合ってみたが、最終的には本人に任せるしかない、と一蹴《いっしゅう》される。Iに何度目かわからない引き留めの話をしていたら、彼女が「私がやめたほうがふみも遅刻しなくてすむでしょ?」と力なく笑った。確かに彼女と行動すると、走ってばかりの記憶だった。けれど、Iと一緒に学べなくなることに比べれば、そんなことはどうでもよかったのだ。

結局、Iは1年生の終わりと共に、学校をやめてしまった。

24 援助交際だったのか？

個人的にどうでもいいことを書き添えると、スリランカ人の彼とはこの頃にお別れをしたと思う。もともと、私の恋愛感情ゼロな上に、性格も合わなかったふたりだ。よくまぁ、ここまで3年ももったものだ。惰性というか、なんというか。

とはいえ、すんなり別れられたかというと、そんなことはなく、私から何度も「別れたい」と伝えては、「どうして？　嫌だ」というのを繰り返した挙げ句、しぶしぶ了承してもらったような感じだった。

別れたあとも、「LINEブロックしたでしょ！」などと電話が来たりして、本当に疲弊した。自由にさせてくれよ。

教訓としては、「自分が心から好きになった人とだけ付き合うべき」ということ。

その後の〝ソウイウ〟関係の話は、私の通学路の途中にあった居酒屋の店主と、毎日挨拶を交わすうちに仲良くなった件がある。
「飲みに来なよ」と言われ、お店に行くと、連絡先を渡され食事に誘われる。まぁいいか、と休日についていく、食事のあと、店主の自宅に連れ込まれた。30歳年上だったので、まさかと思ったがキスを迫られて、「そういうことか」とやっと気づく。遅い。

警戒心もあったが、30歳も年上なんだ……という好奇心に負けて、お付き合いをすることになった。私は前から、凄く年上の男性にひかれるところがあって、小学生の頃から数学者の秋山仁《あきやまじん》先生がタイプだったりしたのだ。父も母より十歳年上ということもあってか、自分も自然と男性として意識するのは、年の離れた人が多かった。
ひとつ断っておくと、彼はバツイチだが既婚者ではない。そのへんの倫理観はキチンとしているつもりだ。

私が学生の間だけの期間限定交際。ざっくり言うと、学生生活を応援してくれる、パトロン的な感じだった。友だちごっこに付き合ってくれたEちゃんにその話をすると、「援助交際じゃん！」と言われて、思わず否定したのだが、デートしてセックスをするたびにお小遣いをもらっていたので、当たらずとも遠からずだったのかもしれない。

ちなみに、前のスリランカ人の彼も、なぜかたまに私にお小遣いをくれていた。こちらから要求をしたことはないのに。実に不思議だ。

25

九九すら覚えていなかった私

2年生になると、Iだけではなく、かなりな人数の生徒たちがやめていた。

先生方曰く、「それだけ学業と仕事の両立は難しいこと」なんだとか。もちろん、素行不良でやめてしまう人もいた。だが、そういう子を見ていると、圧倒的に家庭に恵まれていない子が多かった。皆、口には出さずとも、苦労をしているということが肌感覚でわかった。

私ごときが弱音を吐いてはいられない。気を引き締め直してがんばろう、と思った矢先、ある大きな試練にぶち当たったのだ。

商業高校とはいえ、普通の必修科目もある。今までは英語と科学と体育が苦手だった。

その苦手ななかでも、私が一番苦手な「数学」を選択せざるを得なくなるときがやってきたのだ。

そもそも「算数」ですら、小4までしか習っておらず、それも苦手だった私がいきなり「数学」をやらなくてはならないだなんて、絶望のひと言である。

興味のない記憶はなるべく流すように生きてきた私は、九九すらも半分くらい忘れ去っていた。

やばい。

商業科目では電卓を使えたので、涼しい顔して良い点をとれていたが、これからはそうはいかない。急いで小中学生向けのテキストを買ってきて、おさらいをしたが間に合うはずもなく、授業は始まってしまった。

しかも、必修なので週4コマもある。まさに絶望。わからないことがあるたびに、夜な夜な母に教えてもらっていた。

もともと、国語は好きで、本を読んだり新聞を読んだりしていたため、勉強をするのもイヤじゃなかった。商業科目も、経済番組を見るのが好きだったので、そんなに苦もなく学べていた。簿記とパソコンは嫌いだったが。

嫌いと苦手はちがう。私の苦手な科目は、いわゆる積み重ねが大事な科目だった。「やってきてないんだもーん。できるわけないじゃん」なんて、弱音を吐く時間もなかった。とにかくやらなくては……。毎日が必死だった。この時期は、人生で一番勉強していた気がする。

そして、やってきた中間考査。あんなに勉強したのにさっぱりわからなかった。返ってきたテスト用紙は赤点ギリギリだった。「赤点をとらなかっただけましじゃん」とは全然思えなかった。完璧主義気味の私にとっては、あってはならない点数だったのだ。

返されたテスト用紙を手に、先生の言葉も耳に入らず、下を向いたまま私は泣いていた。悔しい。わからないことがこんなに悔しいだなんて知らなかった。涙と鼻水を垂らしながら、(負けてたまるか)と思っていた。自分にも案外負けず嫌いなところがあるのだと初めて知った。

それからは、より一層、数学の勉強に励んだ。母にも先生にも友だちにも、わかる人に教えてもらいながら、少しずつ少しずつ「わかる」を増やしていった。急激にできるようにはならなかったが、テストのたびに点数を上げられるようにはなった。

そんな英数理に弱い私は、生物も苦手というか、興味がなかった。だが、2年生のときに赴任してきた生物のC先生との出会いが、その後の私の人生にとって大きな変化をもたらすこととなる。

C先生は、私にとって、教師はこうあるべき、という理想にとても近い人物であった。見た目は普通の小柄な55歳の中年男性なのだが、皆の名前と特徴をよく覚え、仕事はいつも全力で、授業はわかりやすい。オマケにどんなときでも私情を挟まず、にこやかに相談に乗ってくれるのだ。優しくて明るくて柔軟で、ほぼ完璧な先生だった。多少、多動気味なところもまた、いいアクセントになっていた。

担任が教師とは名ばかりの存在だったため、C先生にはよくいろいろな相談をしていたものだ。

それから、2年生になって楽しかったのは、美術を選べたこと。

専任のH先生は20代後半の若い女性教師でセンスがよく、決められた枠内であれば、自由に好きなことをやらせてくれていた。2コマぶっ続けだったので集中して取り組めたのも良かった。

特に楽しかった課題は、ちぎり絵とコラージュ。ちぎり絵は、マン・レイの『ガラスの涙』を参考に、ピエロのメイクと組み合わせて、自由な絵を作れた。

コラージュは、黒を背景に、雑誌からさまざまな人体パーツを切り出して、奇妙な植物をイメージした作品を作り上げた。眼や口や手などのパーツが好きという個人的偏愛をぶつけて物を作れる時間は、授業を超えてワクワクできる時間だった。

26 友人なのか母親なのか……

Iが退学してから、私はおもにお調子者のOと、ノリと面倒見のいいRと、気難しいYちゃんと遊ぶことが多かった。3人でよくYちゃんの家に遊びに行っては、手料理をふるまってもらったりと、楽しい時間を過ごしていた。Yちゃんは料理上手で、4人前の食事も、私たちが着く頃に合わせて準備してくれていた。いろいろなものを作ってもらったが、トマトソースのパスタや、生ハムのサラダで洋食かと思いきや、お味噌汁を付け合わせで出すなどというセンスの良さが忘れられない。おまけに、デザートまで前日から仕込んで、ブルーベリー、アップル、ピーチと3種類のタルトを用意してくれたこともあった。そのどれもが美味しくて、レベルの高さに舌を巻いたものだ。

ちなみに、外出先では、靴下さえしっかりはいていれば、潔癖の要素は出なかった。そもそもYちゃんの家は綺麗だったし……。

Yちゃんの家庭も複雑で、お母さんが病気で実家に帰っていたので、Yちゃんはお父さんとふたり暮らしだった。そのため、10代ながら料理やその他の家事も完璧にマスターしていたのである。Yちゃんは一風変わった子で、歴史や政治が大好きで、私が父の政治観などを話すと、よく「仲良くなれそう」などと言っていたものだ。ちなみに、うちの父はどちらかと言えば保守嫌いで、ゴリゴリの保守派だったYちゃんとは合わないのでは、と思ったが、彼女は単に政治の話をしたかっただけなのかな、と思う。

そうして仲良く過ごしていたのだが、あるときから私は、Yちゃんとの関係に、息苦しさを感じるようになっていた。

学校でも一緒、帰ってからもLINEでおしゃべり……。彼女はよく、自身の境遇の不安定さを嘆いていた。金銭的には恵まれていたが、明らかに母親の愛が足りていない状態で、彼女は次第に私と母親を重ねるようになっていた。

それは私の態度も良くなかったなと思う。友だちでありながら、たまに、保護者のような顔をしてしまっていたのだ。人との距離感の取り方がわからず、あまりにも近づきすぎていた。

そして、言葉でのケンカを繰り返しては、ストレスを溜め込んでまた近づいていく……悪循環。彼女のことを考えすぎて、自身のパーソナルスペースが侵されていることに気づかないままでいた。

コトは美術の時間に起きた。

課題を選びに皆で黒板の前に集まっていたときのことだった。ストーブがついていたから、寒い季節だった。Yちゃんの言葉だったか態度だったか、もう覚えていないが、それをきっかけに、私の溜まっていた怒りが破裂した。

「指ささないでよっ！　失礼なんだよっ！」

Yちゃんに対して大声を出して憤慨し、私は思わず教室を飛び出した。我慢の限界だった。怒りと共に涙があふれて止まらない。過呼吸気味になりながら私は、人を探していた。頼れる人を……。

冷たい空気の廊下で最初に現れたのは……担任だった。

もう、この際誰でもいい。「溺れる者は藁をもつかむ」だ。泣きながら私は担任に、「先生！」と助けを求めていた。それぐらい私は狂っていたのだ。担任は、「うぉっ！　なんだ、どうした？」と、戸惑いながら私を保健室に連れて行った。

女性の養護の先生に頼ることにしたのだ。情けないが正しい判断だったと思う。担任と養護の先生にことの顛末《てんまつ》を途切れ途切れ話したが、すぐに解決できるようなことではないとわかっていた。まさか、学校でこんな事態に陥ってしまうとは……。泣き止まない私を見て養護の先生は、「家の人に迎えに来てもらったら？」と優しく言った。とてもひとりで帰れる状態ではなかったのだ。


泣きじゃくる32歳と、それを見守る50代後半の先生たち。

ここは学校なのか？

端から見ると一種、異様であったと思う。


家に連絡を入れると、たまたま家に来ていた兄が迎えに行けそうだ、とのこと。兄は、

言葉こそ厳しいが、態度から優しさが伝わってくる人なのだ。

そうして、グズグズしながら保健室にいたら、Rが様子を見に来てくれた。Rは別の授業を選択していたのだが、噂を聞いて、心配して駆けつけてくれたのだ。

Rとは対等な友人関係を築けていて、彼女はYちゃんと私の仲もよくわかっていた。言葉少なだったが、逆にそれがありがたく、「大丈夫？」と私の頭をヨシヨシするようにもたれさせて、安心を与えてくれた。

これではどっちが大人かわからない。だけどそのときは、素直に甘えさせてもらった。そのうち、兄と母が車で迎えに来てくれた。Rは、私たちが走り去るまで見送ってくれた。そのときの光景は忘れがたく、今でも思い出すと胸がキュッとなる。

授業を休んでしまったのは、この日が初めてだった。

次の日も登校したが、4限目が始まる前に具合が悪くなり、誰か相談できる先生を探していた。すると、不運なことにまた担任に出会った。少し話がしたい、と伝えるや否や、あろうことか、担任は急にキレた。

理由は書くのもはばかられるような内容だが、端的に言えば「仕事のあとのダンス教室に遅れたくない、こっちは毎月、月謝払ってるんだ！」だった。

それにしたって、いきなりキレることはないだろう。伝え方ってものを知らないのだろうか……。

自分のクラスの生徒の相談を断ったら、他の先生へ負担がかかるというのに……。具合が悪いとはいえ、担任に少しでも頼ろうとした私がバカだった。養護の先生にこの話をしたら、「私もあの人の言うことは半分くらいしか意味がわからないのよ」と慰められた。本当にあの担任はなぜ、教員試験に受かってしまったのだろうか。

それからは、Yちゃんとの距離感に気をつけて、お互い過ごしていたように思う。少しギクシャクしていたとは思うが……。

美術のH先生には、「授業中にご迷惑をおかけして申し訳ありませんでした」と手紙を書いた。すると、学期末にお手紙とかわいいタオルハンカチを頂いた。私は、お菓子やお土産やらを誰かにあげるのが趣味で、H先生にも鴨居《かもい》玲《れい》展のポストカードなどを贈っていたので、そのお返し、と……。その学期で転任されると聞いて、寂しかった。

肝心の「数学」問題は、学期末の考査でなんと90点を超えることができた。まさに「継続は力なり」。始めの頃には考えられなかった結果だ。あきらめなくて本当に良かった、と母と喜び合った。

ここで、急転換するが、検定の話をしたいと思う。

私は1年のときに、ビジネス基礎とビジネス経済Aの検定を受けて両方とも受かった。そして2年生でマーケティングの検定を受けて合格したので、「全商商業経済検定一級」の資格を得た。

検定資格は単位にあてられるので、3年のゼロ限の3コマに使うことにして、残りのゼロ限2コマは前期で終わる科目を選択。つまり、3年目は少し時間的余裕ができたわけだ。正直、もう体もヘトヘトだったので、検定を受けていて本当に良かった、と少しホッとした。

27 自分の「部屋」に戻れない日々

しばらく私の病状について触れていなかったが、もちろん通院と服薬はしていた。

1年のときこそ、ピリッと緊張感をもってそれなりにキチンとできていたが、2年、3年と時が進むにつれて、ヘタッて自分の部屋に戻れないことが多くなった。

どういうことかというと、私には自分で決めたルールに沿って掃除、消毒、お風呂を済ませないと自分の部屋のベッドで眠れない、という謎のこだわりがある。

部屋の掃除は、外出前に床をワイパーで拭く。

帰宅後は手を洗った勢いのまま化粧を落とし、部屋着に着替え、階段や廊下の床掃除。

お風呂も掃除して、洗濯機の上をアルコール消毒。

手を洗い、新しい部屋着と基礎化粧品をもってきて、洗濯機の上にセット。共有の足拭きマットは使えないので、自分のタオルを床に置いて入浴後、顔と体の保湿をし、髪を片手で乾かす。なぜ片手かというとドライヤーは共有の物なので、両手を使うとまた振り出しに戻ってしまうのだ。

そして、自分の部屋に戻る前にまた入念に手を洗い、手拭き紙で拭き、その紙を使って靴下を部屋の前で脱いだら、ミッションコンプリート。

なんとも面倒くさい。

ちなみに、このことを家族はわかってくれているので、私の部屋には一切入らず自由にさせてくれていた。それでも不安になっていたのが、前の「部屋」で暮らしていたときだった。

このルールは、今ではもっと柔軟に変化したが、基本、ずっと続いている。

体が動かないときは、仕方がないので居間のソファーで寝る。それはつまり、朝まで着

1.
2.
3.
4.
5.
6.
7.
8.

ていた部屋着に、また袖を通して寝ていることになる。足と手を綺麗に保っていれば部屋には入れるので、その日の服装を選び、急いでシャワーを浴びて出かける、といった具合だ。

自分でもイヤになるが、そういう決まりなのだ。睡眠の問題も相変わらずで、寝付きが悪く目覚めも悪い。いつも時間に追い立てられているような感覚だった。

それと、ときどき感情のコントロールがきかなくなることにも困っていた。おもに怒りや悲しみなどの負の感情が積み重なって、年に一、二度、爆発することがあった。

前述した通り、小学生くらいからずっとある症状だったが、それをしっかり自覚できたのは、この頃ぐらいからだと思われる。

いろいろと問題はあるが、学校に通う間は我慢だと思っていた。

28 我が家の家計簿

この頃、父は75歳になっていたが、前年に工業用のポンプを洗浄したり組み立てたりするエンジニアを退職して、通学する私を、家から最寄り駅まで車で送り迎えしてくれていた。

車内での会話は、最初こそ「お帰り」「ただいま」ぐらいだったが、徐々に私が学校での出来事などを話すようになり、ふたりの関係が少しずつ修復されていったように感じられた。

それまでの家計は、父の給料が手取りで27万円くらいと、母のパート代が手取りで10万円くらい、だった。それで一家4人でやりくりしていた。

参考までに内訳は、家賃が8万2千円、もろもろの税金の支払いが約6万円、そのほか、水道光熱費約4万円、食費約10万円、雑費であまることはなかった。

父はあと数年働けば、年金額が上がるということでがんばっていたのだが、契約を打ち切られてしまった。

それから、我が家の家計は、父が仕事を辞めたことで、父の年金が手取りで27万円くらいと、母の中華総菜屋のパート代と年金8万円で賄われることとなる。だが、これまでの税金などの延滞金がさらに重くのしかかり、家計はなかなかに厳しい。姉は姉で、自分の分は、持ち帰り専用の寿司屋で契約社員として働いて、給料20万円。私は、姉からたまに1万円ほどお小遣いをもらうこともあったのだ。

家からは月に1万円お小遣いをもらい、居酒屋の彼からはデートするたびに1万円をもらっていたので、多いときで4万円くらいのなかでひと月をやりくりしていた。そのなかから日用品や、化粧品、遊興費をまかなっての生活。なかなかに厳しいので節約が身についていた。使えるクーポンは欠かさず使用していたし、外食のときなども値段とにらめっこして、財布の中身と常に相談していた。

29 認められた作文

3年生に進級すると、さらに生徒数は減っていた。退学してはいないが、来なくなる子も多くなっていた。ちなみに、残念ながら3年間、担任は替わらないままであった。

私はマイペースに勉強を進めていたが、あるとき、国語で生活体験発表の作文を書くことになった。それは、定時制と通信制の高校が開催する「千葉県総合文化大会」に出場する生徒を校内で選出するために、毎年催される行事だった。

書かれたなかから先生が良いと思う作文を選び、選ばれた生徒は校内の大会で発表する、というものだ。実は、前年も国語のR先生に出てくれないかと言われ、校内大会に出場したのだが、銀賞に終わっていた。

個人的には人前で発表するのは苦手だったので、銀賞で済んで、図書カードももらえて満足だった。

しかし、R先生は私の作文を気に入ってくれていたらしく、悔しそうな顔をしていた。

そして、3年の同じ時期。

そもそも、校内大会に出たがる子も少ないので、また私が出ることになった。頼まれるとなかなか断れない性格なのだ。

大会の規定として、ノンフィクションでなくてはならない。前年は私の狙いとはちがって、読み終わったら校内が笑いで包まれた。シニカルに書いたつもりだったのに、うまく伝わらなかったのだ。

そこで、(今度は少し真面目に書くか)と、バイトの面接を受けるときに書いた履歴書の「空白」と、自分の人生においての「空白」をかけて書いてみた。

結果は2位だった。また銀賞である。(まぁ、いいか、図書カードもらえるし)と、前年と同じことを思っていた。

それからは、そんなことも忘れ、卒業を見据えながらがんばって勉強をしていた。早めに学校が終わったある日、友だちたちとカフェで、夜ごはんのアボカドとサーモンのポキ丼を食べて、「デザートはどうする？」とワイワイしていたら、突然スマホが鳴った。

見ると、学校からの着信だった。何ごとかと思って電話に出ると、R先生だった。

「実は、生活体験発表会で金賞をとった子が千葉県大会に出られなくなっちゃったの。急で申し訳ないんだけど、難波さん出てくれない？」。

頼まれると断れない私は、ふたつ返事でオーケーを出した。そして、そのことについて深く考えず、呑気に、フワフワとしたハワイアンパンケーキを頬張っていた。学校の皆とは年の差があるとはいえ、毎日接していたので、友だちの女の子のなかで、私に敬語を使う子は誰もいなかった。

このときも、流行りの音楽やアニメなどの、たわいもない話で笑い合っていた。なかでも私たちの共通語となっていたのは、うちのクラスの担任のこと。体育教師だった担任は、私たちの学年をまとめて担当していたのでみんなにとっても、何かしらの因縁のある敵であったのだ。ことあるごとに、「あいつは人間じゃない、類人猿だ」とかなんとか悪口を言っては、うさを晴らしていた。

改めてR先生に話を聞くと、事態はなかなかに深刻だった。

私の作文の文字数だと、大会の規定時間がだいぶあまってしまうので、書き足しが必要だったのだ。それだけでも大変なのに、スピーチの練習もしなくてはならない。しかも、大会までもう、あまり時間がなかった。

一瞬、（引き受けなきゃよかったかな……）と思ったが、やるからには完璧に仕上げたいし、せっかくならR先生を全国大会に連れて行ってあげたい。

それに、金賞をとって、六本木ヒルズ開催の全国大会に出場できたら、副校長が六本木のバーに連れて行ってあげるって約束してくれたし……。

若干の邪念が入り交じりつつも、謎のやる気で作文の推敲をがんばった。

書いてはR先生に読んでもらって、ダメ出しがあればまたさらに書き直す。自分の文章に人の視点が入ると、こんなに良いものになるのか、と新鮮な気持ちになった。

そうして完成した文章は、自分史上最高の作品に仕上がった。

残る問題はスピーチだ。声が小さくて滑舌も悪く、人前が苦手な私は、練習当初はかなり苦戦した。R先生とC先生と副校長が、それぞれ時間と場所が空いたときに練習に付き合ってくださっていた。

やるからにはやらねば、と先生方のアドバイスを基に、さまざまな工夫を試みた。

まず、腹から声を出すようにする。いつもより口を大きく開けてハッキリ話すようにする。そして、その空間の奥の壁に、声をぶつけるイメージで発声する。マイクの音響を考えて、間を大事にする、などだ。

一番難しかったのは制限時間の調整。早口でしゃべると時間があまりすぎるし、ゆっくりすぎても時間をオーバーしてしまう。ここはもう、回数をこなして感覚を覚えるしかなかった。

とはいえ、十分な練習時間をとれたか、という部分では多少、心許なかったが。

30

私の履歴書には大きな空白がある

そして、訪れた大会当日。曇天。

入学式のときに着ていた、あのお気に入りのジャンパースカートで気合いを入れる。繰り返すようだが、ゴスロリではなくクラロリだ。

開催高校までは、R先生と一緒に電車で向かった。

到着すると、順番はくじ引きですでに決まっていて、私は午前の発表となっていた。別の部活の顧問であるC先生と、審査員のひとりでもある副校長も、始まる前に何か言葉かけをしてくれたような気がするが、緊張が勝っていたため、正直よく覚えていない。

知らない学校の体育館は、やけに広く見えて、人も多く感じた。いろいろな学校の定時制の生徒たちや先生たちで、会場の席はほぼ満席に見え、イヤでも緊張感に包まれる。

どうやらほかの学校では、私と同年代の生徒もちらほらいるように見えた。先に発表している人たちを見学しながらイメージ作りをする。規定時間を超えてしまうと音が鳴り、無情にも減点されてしまうのだ。ひとり、またひとりと発表を終え、ついに私の順番が来た。

あー、ドキドキする！

壇上に向かって歩いていくと、下から見える景色とは別物の風景が広がっていた。まるで、全身が心臓になったみたいに思える。こんな緊張は、ひきこもり期の、あの冷や汗ものフルート発表会以来だ。

壇上からR先生とC先生を発見……。思っていたよりは冷静でいられているぞ。いける。っしゃ！　やるしかない！

一礼をして、私の発表が始まった。ここから規定時間は計られるのだ。自分が発した一音目が耳に入る。

声は震えていない。よし。体育館の奥の壁に声をぶつけるイメージ。

原稿を確認しつつも、なるべく前を向いて話す。

間を大事に……。

『空白』

私の履歴書には大きな空白がある。

その空白を少しでも埋めたいと思い、二年前、高校に入学した。

私は小学生の頃から不登校気味で、どうしても学校というものに馴染めずにいた。人の感情にも自分の感情にも敏感で、誰かの言動にすぐ傷付き、また、自分の言動が誰かを傷付けてしまったかもしれないと、思い悩むこともしょっちゅうだった。人より神経が過敏だったのだと思う。

私の幼少期は、今のように不登校児にある程度、理解のある時代ではなかったので、学校に行かない、という選択も一種の闘いだった。先生、同級生、そして家族にさえ初めは理解されず、周りに味方はいなかった。

学べる有り難さを説かれても、そんなことは分かりきっている。私の苦しさは誰にも届かず、責められれば責められるほど、私は心を固く閉ざしていった。苦しい場所から逃れることも、痛みを伴う。逃げることも、生きるための闘いだった。私はありのままの自分ではどこにも居場所がないのだということを思い知らされた。

それから、中学生になっても殆ど学校に行かず、益々引きこもるようになった。元々神経質だった私は、自分の部屋が一番大事になり、不潔恐怖から部屋に誰かが入るのを、とても恐れるようになっていた。

これもまた、家族に理解してもらうまで時間が掛かったが、今度は理解されても不安がなくなるわけではなかった。どこにいても、何をしていても、部屋の事が頭から離れない。誰も入らないから大丈夫だと言われても、不安は消えず、それを打ち消すために何度も掃除をする。自分でもおかしいと思っていても、こびりついた不安を取り除くことが出来ない。私は、強迫性障害という病気になっていたのだ。

発病してから病院に通うようになるまで、大分時間は掛かったけれど、通院するうちに少しずつ快復していった。しかし、気がつけば私の経歴は、ほとんど空白になっていた。

書類の上に書くことができない十六年間も、私は必死で生きてきたつもりだ。しかし、履歴書では何もないことになっている。それを見る度、私の中にも見えない空白が、ぽっかりと出来ているように感じられた。

そうして、「コンプレックス」という重りを外せないまま、学生生活の再スタートを切った。初めこそ馴れずに大変な思いをしていたけれど、必死に過ごしているうちに、徐々に自分が変化してきていることに気づいた。それは、周りの若い同級生達の話を聞くときに、私の苦い過去からアドバイスをすることが出来たり、過酷な経験をしてきている子の話を聞いても、受け止めることが出来た時、私の経験は本当の意味で無駄ではなかったんだと、思えるようになったことだ。

それまで私は、世間一般的な「普通の道」にとても憧れていた。なぜなら、私はそこを通ってこられなかったために、人から馬鹿にされたり、人格を丸ごと否定された、と感じたこともあったからだ。しかし、いわゆる「普通の道」を通ってきた人であっても、全く馬鹿にされずに生きることなんてないはずだ。

定時制高校に入学しても、最初は、ほぼ空白期間のない皆が羨ましかった。けれど、様々な経験を積んできている若い友人達と接するうちに、気づいた。私の空白期間を、一番馬鹿にし、否定していたのは、私自身だったのだ、と。私にとって、それまでの自分の道を否定するのは、言いわけのようなものだったのかも知れない。

それに何より、今の友人達や先生方とは、こうして遠回りをしなければ出会えなかったんだ。そう思うと、私の辿ってきた道も、そんなに悪くないように思える。

重りばかりだと思っていた「コンプレックス」は、いつの間にか、その姿を変えていた。

それでも、過ぎた時を悔やむ瞬間がなくなったわけではないし、苦しみでどうしようもなくなる時もある。しかし、何度やり直しても、私はこの道しか選べなかったはずだ。履歴書の空白期間は、どうすることもできないけれど、私の中の見えない空白は、もう、とっくに埋まっているのだから。

全てを意識しながら発声していたら、いつの間にか発表を終えていた。一礼をすると、拍手が鳴り響いた。時間はぴったりと収まったようだ。

先生方のもとに戻ると、「練習のときより今日が一番良かったよ！」「時間ばっちりだった！」と口々に褒めてもらえた。自分でも全力を出しきれた感覚があった。手応えあり。発表が終われば、あとはもう気楽なものだった。

緊張から解放されると急におなかがすいてくる。昼休憩に入ると、R先生、C先生と共にお昼を食べに行った。

戻ると、午後の発表を一観客として聴く。

皆、さまざまな経験をしているのだな、としみじみした。と同時に、自然と自分の発表と比較して、どこか安心していた。ふと気づくと、C先生が他校の生徒と話しているのが目に入った。どうやら前任校の教え子らしい。

やっぱり良い先生なだけあって人望あるよなぁ……。あ、応援してる。ふぅん。

思わず、軽く嫉妬してしまった。

しばらく経ち、その子の発表が始まると私は、にわかに焦りだした。うまいのである。しかも、私が入れなかった笑いの要素も少しあり、聴衆の心が動いているのがじかに感じられた。負けるならこの子だな。微かな諦念を抱きつつ、最後の発表者までじっと見守った。

そして、結果発表のとき。

金賞を受賞したのは、C先生の教え子ではなく、私でもなく、最後に発表した子だった。失礼になるが、エピソードは強めだったが、特段、優れた発表とも思わなかったので正直、頭のなかは疑問符でいっぱいになった。

結局、C先生の教え子と私は同率2位。銀賞に終わった……。私とR先生は、「ええーっ」と騒ぎながら副校長が来るのを待っていた。納得がいかなかったのだ。

副校長曰く、最後まで私とC先生の教え子が競っていて決められずにいたところ、最後の子の発表にインパクトがあったので、その子に決まってしまった、と。

つまりはこういう大会だと、発表順があとのほうが有利らしい。そのなかで私は十分健闘した、と慰められた。

代打のわりに受賞できたしね。

だが、不機嫌になった私は金賞の子に聞こえるように文句をぶつくさ言っていた。その子のせいではないのに、なんとも性格が悪い。

何より、R先生を全国大会に連れて行ってあげられなかったことが、とても悔しかった。あと、六本木のバーでおごってもらいたかった。

でもまぁ、銀賞を受賞できたということで、帰る前にケーキ屋さんで先生方と一緒にお茶をした。私は上品な長方形の、苺とチョコレートのケーキをふたつも食べた。

ちなみに、結果に一番納得していなかったのは副校長だったらしく、次の年からは採点基準の明確化を求めたらしい。

31 毎日駅まで送り迎え父と娘の関係

そうこうしているうちに、卒業後の進路を考える時期になっていた。

定時制とはいえ、高校に企業から来る求人は、10代を想定しているらしく、私のような年代の者が応募できる余地はなかった。仕方ない。そこは自力でなんとかしよう。

この高校に入ってから3年間、ずっと私は優等生をやってきていた。意地もあるが、勉強するということが本当に楽しかったのも確かだった。それに私は仕事をしていないので、これぐらいはやっておかないと、とも思っていた。

また、そうしてこられたのも、周りの学友やたくさんの先生方のおかげだった。

それから、もちろん、家族の支えも大きかった。

父が仕事を退職してからは、自宅の最寄り駅までの送り迎えをずっとしてくれていた。

行きの車中では、寝坊した私が揺れながらメイクをすることなどもあり、慌ただしかったが、帰りの車内では、父とその日に学校であった出来事などを話しながら帰路につくことが多かった。テストでいい点数がとれたときなどは、「100点とれたんだよ」と言うと、父が「そう、すごいじゃない！」なんて言ってくれて、まるで、幼い頃の私が褒められているような感覚になった。

そのおかげか、父との仲もだいぶ修復され、恐怖はもうとっくに感じなくなっていた。

父は76歳、私は34歳になる年のことであった。

学期末が近づいてきたある日。

担任が私に向かって手招きをしているのに気がついた。なんだかイヤな予感がするなぁ……と思いながら、「なんですか？」と担任に訊くと、「ん」といきなり紙袋を手渡された。どうやら私に〝コレ〟をくれるらしい。

誤解のないように説明すると、私は苦手な人にこそ丁寧に接するようにしていた。なので、いくら心のなかで悪態をついていようが、ハロウィンやバレンタインなどの行事があ

れば、担任にもお菓子を配っていたのだ。それらのお返しらしい。妙に軽いけど単純に、お菓子かな？　と思い、「ありがとうございます」と受け取った。

あとで包みを開けてみると、なかには……犬のぬいぐるみが入っていた。

軽くホラーである。

人生でこんなに引くことってあるんだ、というくらいスーッと気が遠くなった。気を取り直して紙袋のなかを確かめると、紙が入っている。

……手紙か。手書きじゃないのがまた怖い。要約すると、「この犬のぬいぐるみの顔が自分に似ているのであげようと思った」

……意味がわからない。30代の大人の女性にぬいぐるみを渡す、という思考がひたすらに怖い。卒業しても自分を思い出してほしい、というのが怖い。

だが私は同時に、「この闘いに勝ったのだな」と感じていた。1年のときのおまえの予言はやはり当たらなかったな、と……。

この一件はホラー好きの私でもさすがに怖すぎて、すぐ友だちにしゃべった。

まさに、〝ほんこわ〟である。

卒業後に聞いた話だが、教員不足のなかでも彼は、もう担任を任されることはなくなったそうだ。

めでたし、めでたし。

32

34歳、高校を卒業する

卒業試験が終わり、あとは卒業式を待つのみだった。

残り少ない登校日、R先生が私に声をかけてきた。それは、卒業生代表として式に出てくれないか、という内容だった。それってつまり、「総代」ってコト？　シンプルにうれしかった。

定時制の卒業式は全日制とは異なり、そんなに時間もかけられないので、わりと簡素なものになる。

壇上に上がる生徒たちだけ、事前に練習を1回するのみだ。

緊張しいな私は、ちょっと不安だった。

卒業式当日、うれしいことに、退学したIが家族でお祝いに駆けつけてくれた。驚くべきことに、彼女は結婚、出産を経て母になっていた。たまに遊んだりはしていたのだが、学校の皆は久し振りに会うので、懐かしさに笑顔いっぱいだった。

ひとつ大事なことを言うと、私はこの3年間、1日も休まず登校していた。遅刻と早退があったので皆勤賞ではなく、精勤賞ということになる。なぜそこまでがんばれたのか……。本音を明かすと、一度でも休んでしまうと授業がわからなくなるのではないか、休み癖がつくのではないか、という不安感。それと、完璧なノートにならなくなってしまう、という潔癖とが合わさった結果に過ぎなかった。

いざ式が始まると、出番はあっという間にやってきた。

総代として私の名前が呼ばれ、「はい！」と立ち上がる。細かいことは忘れたが、覚えているのは最後の礼を忘れたことだ。不安的中。その後、ありがたいことに、学業優秀賞など4つほど表彰していただいた。だが、私の頭のなかは、礼のミスでいっぱいだ。ネガティブここに極まれり、である。

卒業式後は、私の最寄り駅の店で、Rとふたりで打ち上げをした。ほかの皆は家族との予定があったのだ。

たっぷりの野菜と魚介に、パルメザンチーズがかかったトマトソースリゾットや、自家製のハムなどが美味しくて、盛り上がり、楽しくなって店を変えようと外に出たら、風が凍えそうに冷たい。途中で見つけた公園で、Rが滑り台に乗っているのを、元気だなぁと眺めていた。だが、そのうちあまりの寒さに耐えられなくなり、思わずふたりで手をつなぎながら、開いている店を探した。そして、グーグルマップで見つけたファミレスの、ドリンクバーで朝まで粘り、ダラダラと話したり、ウトウトしたりしていたのがいい思い出になっている。

そうして、怒涛の3年間は終わりを告げた。

第4章 完璧

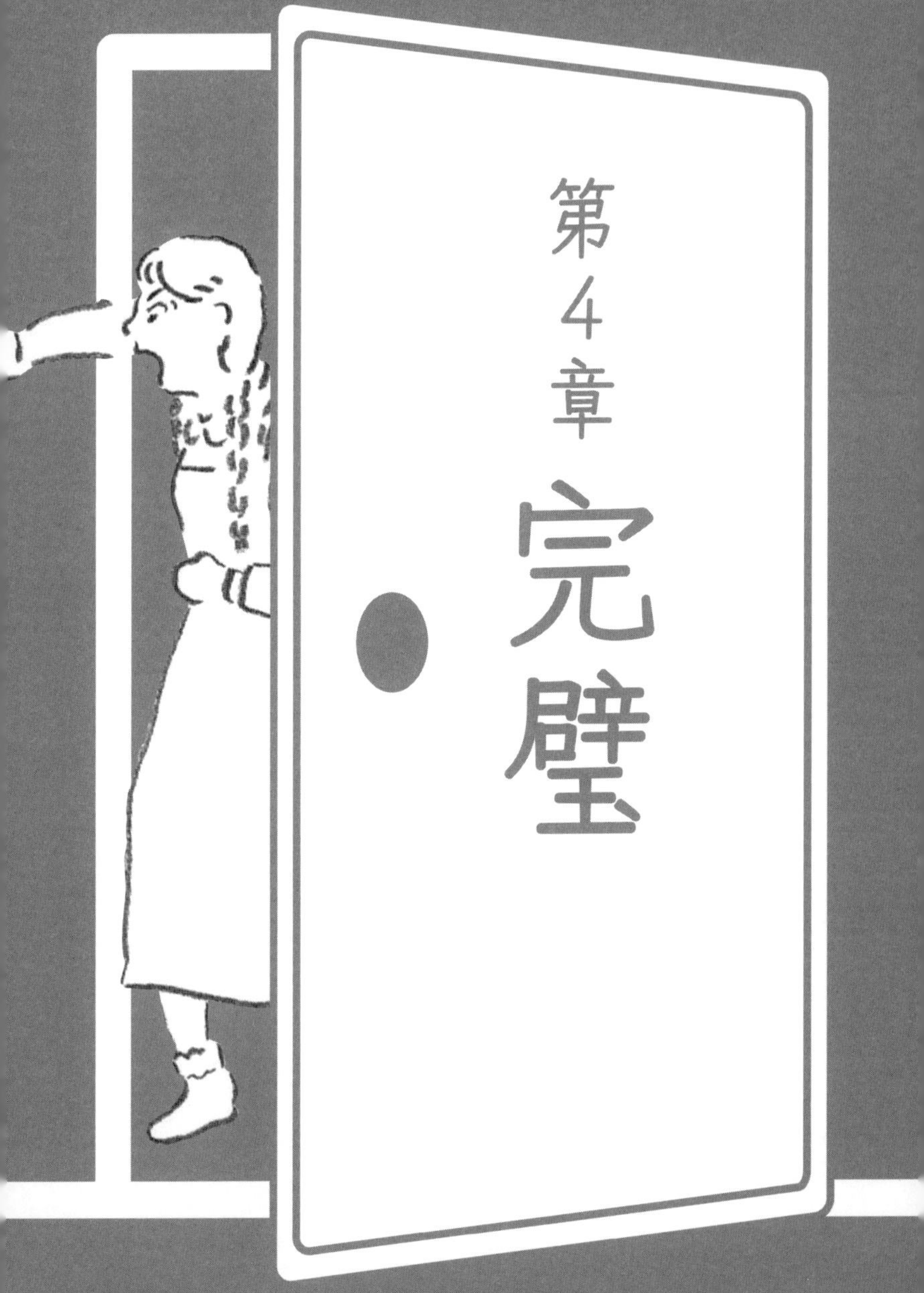

33 受からないアルバイト

「さて、高校も卒業したし、またバイトに応募してみようかな」と思い立ち、2か所ほど面接を受けてみた。

すると、またあっさり落ちた。……ショックである。やはり、30代就労経験なし、は大きなハンデなのだ。

しかし、どこかに受からない限り、このハンデは永遠に付きまとう。考え込んでいたからか、3年間の疲れが一気に押し寄せてきたからか、私はみるみる具合が悪くなってしまった。

体がなかなか動かない。気力が出ない。落ち込みが激しい。また、以前もあった、本や新聞が読めなくなる、という症状も出ていた。これが、この3年間、騙しだましやってきた代償か？

あれからずっと通い続けていた心療内科の医師に、それを伝えても、「そうですかー」と言われるだけ。処方も何も変わらない。

いいかげん、嫌気が差してきた。クソッ……。

そう思っていたら、姉の友人が通い出した精神科の病院がいいらしい、と聞いた。少し遠いけれど先生が優しくていいと……。


ものは試しと行ってみた。

かなり評判の医院らしく、とても混んでいたが、診てくれた女性医師は、私の話をちゃんと受けとめてくれた。症状とかかりつけの心療内科医の処方と対応を伝えると、「それはおかしい。辛かったね。でも、良くなるからね」と優しく励ましてくれた。この時点で、すでに私は、本当にここに来て良かったと、救われた思いになっていた。通院決定。

そうして病院も薬も変えたのだが、すんなりと合う薬が見つかるわけではなかった。最初に処方された薬は、飲むとふらついて立っていられなくなるという副作用が出た。

友だちのRと待ち合わせをしていたときには、時間までに駅に着いているのに改札を出られず、迷惑をかけてしまったこともあった。

次に処方された薬で、ふらつきはなくなったが、今度は無性に甘い物が食べたくなってしまう。昼も夜もなくチョコレートを食べ続けた結果、半年も経たないうちに18キロも太ってしまった。今まで着られていた服がどんどんパツパツになり、買い替えを余儀なくされる。太ることがこんなに不経済だったとは……。

さらに、もともと容姿に自信がなかった私は、ますます自分を醜く思うようになり、気がつけば黒い服ばかり着るようになっていた。少しでも細く見せたかったのである。何度目の受診だったか忘れたが、先生が私のこだわりや、時折、感情のコントロールがきかなくなり暴れる、という部分に着目した。そして、心理検査を受けてみてはどうか、と提案されたのだ。

心理検査とは、臨床心理士によりいくつかのテストを受けて、自身の状態や発達障害の有無などを調べるものらしい。

興味をひかれたのでまず予約。その時点で、予約している人がかなりいたので1か月ほど待った。

私が受けた検査は5種類だった。臨床心理士の人と対面で、さまざまなテストを次々にやった。

その結果、客観的な視点からの、得意なことと苦手なことが判明する。

私は、言葉や文章の理解が得意な反面、耳から聴きとる情報を覚えておくのが苦手で、口頭説明や、ガヤガヤしたなかで必要な会話だけに集中する力が弱い、らしい。

なるほど、だから好きなミュージシャンのライブに行っても、あまり歌声を覚えていられないし、好きな映画を何回見てもセリフを詳細に覚えられないのか！　と納得した。それと同時に、言語理解は得意なのに、聴き取る力が弱いという相反する残念さに、なんとも言えない気持ちになった。が、きちんと対処法も書かれていた。

「メモをとる」といいらしい。

それから、発達障害に関しては、先生がグレーゾーンだと伝えてきた。不注意や忘れっぽさの数値が高めなので、ＡＤＨＤ（注意欠如・多動症）傾向がみられるが、確実にそうとは言いきれず、そうではないとも言いきれない、と……。

正直、それを言われるまで自分が発達障害っぽいとは思ってもみなかった。

なぜならば、多動性なくじっとしていられるし、忘れ物はしないように何度も確認するし、しゃべることよりむしろ黙っていることのほうが楽だし……。

でも、よくよく振り返ってみると、頭のなかでの考えごとは忙しくしているし、人との会話は忘れがちだし、黙っていても自分自身とはよくしゃべっている。それに、私の父の変わった言動などもある意味、そういうところから来ているのかも、と思うとうなずけるところもあった。

うーん……。私の生きづらさのもとはここなのか？　という思いが頭を掠めた。

34

医師から下される「就労不可」

その頃、今後の自分の身の振り方に困り、C先生に相談をしに母校を訪れたことがあった。私は在学中の頃から、自分の病状をC先生に伝え、相談に乗ってもらっていたのだ。C先生はお忙しいのにもかかわらず、にこやかに迎え入れてくださった。

私は心理検査の結果の紙を手に、少し情けない顔をしていたかもしれない。先生は紙を読みながら、「うんうん」とうなずいていた。

しばらくすると先生は、「もしかしたら、力になれるかも……」というようなことを言いながら、ガサゴソとポケットを探ったかと思いきや、「ちょっと待っててね」と教室を出ていった。

相変わらず多動気味なところが懐かしい。

戻ってきたC先生は、手帳をパラパラとめくり「あった、あった」と、ある名刺を私に差し示した。それは、私が住む市原市で社会福祉士をしている方の名刺だった。

「先生、どうしてそんなコネクションもってるんですか？」と私が驚くと、C先生はニコニコと笑っていた。そして、その方に連絡をとって、市の無料相談窓口につないでくださったのだ。本当にありがたい……。

先生にお礼を言い、帰路についた。


頭のなかで考えていたのは、母や父はずっと、「ふみが好きなこと、やりたいことが見つかればいいよ」と言い続けてきてくれていたことだ。特に就活をしろとか文句を言われたことは、一度もなかった。その点では本当に恵まれていたと思う。だが、その愛情が経済的自立を損ねていたことは否めない。病気もあったが、私自身の自信のなさが、無職の一番の原因だったのかもしれない。

でもまぁ、やれることからやってみよう。


「無料」というのは大きな安心につながる。

「自立支援医療制度」を活用しているとはいえ、毎月、病院までの交通費と診療費、医療費は黙っていても出ていってしまう。我が家の家計はお世辞にも余裕があるとは言えない。父の年金と、母のパートで家計をやりくりしていた。

姉は働いたり休職をしたりと不安定。私はバイトをしようにも受からないし、何より今は体調が悪すぎる。そんななか、無料で困りごとを相談できる場所があるだなんて……。

予約をした日にその相談窓口まで向かうと、優しげだがキリッとした印象の女性が出迎えてくれた。挨拶を終えると、担当相談員の方の紹介。仮にNさんと呼ぼう。担当Nさんも女性で、なんとなく安心した。

社会福祉士だけでなく、精神保健福祉士の資格も持っているため、私の担当になったらしい。

現時点の生活で困っていること全てを伝えると、「障害年金が受けられるかもしれないです」と言われた。そういえば、精神科の先生が、前に障害年金ってワードを出していた気が……。耳からの情報に弱い上に忘れっぽい私は、メモをとること自体を忘れていた。

重症である。

この日、担当Nさんに、「次に病院に行ったときに、先生に〝就労の可否〟を訊いてみてください」と言われたので、さすがにメモをとった。

今、働けるか働けないか。その答えがかなり重要なことらしい。先生に〝就労の可否〟を問うと、「今すぐは無理だね」と返ってくる。ですよねー。

その答えを皮切りに、私と担当Nさんの、ちょっと長めの闘いが始まった。

35 「障害年金」の受け取り方

また脈絡なく始めるが、同じように苦しんでいる人たちがいるかもしれないため、ここでは、「障害年金の受け取り方」をまとめてみたいと思う。

まずは、この病気になって初めて受診した日を調べに、前の病院に行った。そして、「受診状況等証明書」なるものをもらう（ここで実費がかかる。病院によるが私の場合、５千円くらいだったと思う）。

次に、「病歴・就労状況等申立書」を書く。これが大変。

発病したときから今までのことを、正確に細かく書かなければならない。基本的にイヤな記憶を思い出さなければ書けないので、精神的にかなりなダメージを喰らう。履歴書は空白だらけでも、こちらの書類はぎっしりだ。

次に、初診日近辺の年金加入状況を調べに、担当Ｎさんと年金事務所に向かう。予約は担当Nさんがして、さらに車で送り迎えをしてくださったのだ。ありがたい。

肝心の初診日あたりの加入状況はというと、もちろん働いていなかったので年金は払えていない。のだが、払えないという手続きをしてあったので丸。ここで担当Nさんが隣で、「よかったですね！　ここで弾かれちゃう人がけっこう多いんですよ」と喜んでくれた。長年無職をやってきただけのことはある。やったね！　難なく第一関門突破である。

その後、年金事務所の方に、年金請求書提出までの流れをざっと教えてもらう。煩雑。もろもろあってその次は、診断書。私の場合は、「遡及《そきゅう》請求（病状により、4年前までの年金が遡って請求できるという制度。それ以前の年金は時効で無効になる）」手続きもしたほうがいいということで、前の病院と今の病院、2か所で書いてもらわなくてはならなかった、と思う。朧気。

診断書の病名は、「気分障害」（ここでまた実費がかかる。これもまた病院によって値段が違うが、1か所1万円前後かかった記憶がある。正直かなり痛い）。

確か、前の病院に診断書を受け取りに行ったら、私の名前のふりがなが間違っていて、憤慨しながら訂正してもらいに戻る、という二度手間があった。「ふみ」が「あや」になっていたのだ。心療内科医が笑っていたことは忘れない。許さん。

そして、住民票やら年金請求書やら、何やらもろもろを担当Nさんと揃えて、市役所にて提出。お疲れさまでした。


と、ここまでで、数か月はゆうに超えている。体調悪いのにやらなきゃならないことが多くて、超絶に疲れた。ちなみに、この煩雑極まる手続きを、社会保険労務士に頼むと代わりにやってもらえるらしい。どこまでやってもらえるのかは知らないが……。

そして、審査結果が届くまでだいたい3か月。

この間、生きた心地がしない。


運命の審査結果が届いたその日……。

私は震えていた。

障害基礎年金2級が認められ、月換算6万強の年金を受けられることになったのだ。「精神障害で年金を受けるのは難しい」と聞いていたので、信じられない思いもあった。また、遡及請求も認められたので、一気に4年間分の年金が入ってくることになった。

私の場合、その額、約400万円。

これはかなり大きい。この半年あまりの汗と涙が報われただけではなく、これまで経験してきた病気の辛さまで認めてもらえたように思えた。

担当Nさんに電話で結果を伝えると、「本当に良かったですね！」と弾んだ声で喜んでもらえた。こうして、私とNさんのちょっと長めの闘いは、最高の結果として終わったのだ。

もちろん、C先生にもお礼を伝えた。卒業したあとの生徒の面倒まで親身になってみてくれるだなんて、まさに教師の鑑だ。全ての先生がC先生みたいだったら、不登校の子どもは少なくなるだろうなぁと思う。

36 薬の副作用によるぽっちゃり化

毎月の医療費などを自分で支払えるようになった。

という事実は、私の心を明るく照らしてくれる。今まで金銭的な面でも、父と母に頼りっぱなしだったので、「家にお金を入れることができる」というのもうれしい変化だった。

それにより、前の「家」に住んでいたときの延滞金や、保険料や生活費を貯金から毎月10万単位で、ドンッと出せるようになった。本当は働いて得たお金で、母を楽にしてあげたいと思い続けてきたのだが、これが今、私ができる精一杯なのだ。

……まずは一歩前進。

それと、ずっと欲しかったものを買えるようにもなった。たとえば、ドクターマーチンの靴や、イッセイミヤケのバッグ〝バオバオ〟など。憧れていたアイテムを手に入れる高揚感なども、味わえるようになったのだ。

この頃には、薬の処方も安定してきて、眠りに関する問題はほぼなくなっていた。それから、太った問題については、自然に痩せるかなと思っていたが、甘かった。いつまで経っても体重が減る気配がない。そこで人生初のダイエットを始めた。

具体的に何をしたかというと、まず、食事制限だ。自由気ままに食べていたおやつを断つ。夜ごはんの炭水化物を断つ。運動については、散歩やウォーキングなどを毎日することはできない。なぜなら、私の「こだわり」に引っ掛かってしまうから。

外に出るには私なりのルールがある。まず、シャワーを浴び、きっちり日焼け止めを塗り、化粧をする。すっぴんでは外を歩けない。外出着を選ぶのも簡単ではない。そのため、毎日外に出るのは、そのときの病状ではできないと判断。家の中でできる運動として、「階段昇降」と「その場足踏み」などを取り入れた。

中年なのですぐ体重が減るわけではなかったが、1か月に1キロずつ痩せていって、約9キロ痩せることができた。

ダイエットを続けるうちにルールも変化して、1日1回おやつは食べてもいいことになった。夕食の炭水化物も発芽玄米などを少量、食べるように変化した。

Chocolate
Chocolate

だが、しばらく経つと、緩やかに減っていっていた体重がまた、緩やかに戻ってきてしまう。ダイエットの宿命、いわゆるリバウンドだ。ここでまた、私はどん底に突き落とされ、考え込む。

そもそも病院を変えなければ、太る薬を処方されることもなかったのではないか？　私の選択は間違っていたのだろうか？

でも、現実問題、あんなに具合が悪かったのに病院を変えずにいるのは非現実的か……。では、なぜ、私は太った自分を受け入れられないのだろう、美しいと思えないのだろう。この美意識は本当に自分自身のものなのだろうか？　そう問いかけても、鏡に映る自分の姿を認めるのは、やはり難しい。

身近な兄が、太った人を嫌悪しているのも大きかった。兄曰く「太るのはその人の努力が足りないせい」。兄は介護の仕事をしていることもあり、太っていると人様に迷惑をかける、という意識が強い。それもわからなくはないが、不可抗力で太ってしまう場合があることも、わかってほしい。それでも兄は、妹である私に対しては多少、優しい。

37

男子に間違われた私と女子に間違われた兄

ここで、改めて家族のことに思いを馳せてみたい。

幼少期、ふたつちがいだった兄と私は、よく一緒に遊んだ。

私は男の子に間違われることが多かったけれど、兄はよく女の子に間違われる、可愛らしい顔立ちをしていた。

そのせいで私の卑屈さが育ったことは否めない。

兄が中学、高校と進むごとに、ふたりだけで遊ぶこともなくなった。高校を卒業して就職をした兄は、いくつかの職を経て、介護の仕事に就いた。

「どうしてその仕事をしようとしたの？」と私が訊いたとき、兄は「今まで迷惑かけてきたから、恩返しみたいなもんかな」と言っていた。そして、ほどなくして、当時付き合っていた彼女と暮らすため、「家」を出て行った。

だから、救急車騒ぎのときには一緒に住んでいなかった。

ただ、私の病気については、「薬を飲んでるだけじゃ病気は治らないぞ」とは、よく言っていたように思う。

では、どうすれば？　というのは、通り一遍のことしか教えてくれなかった。規則正しい生活、とか……。うちのゴタゴタがあったあと、今の家に住み始めてから一度、兄が戻ってきたことがあった。前の彼女と別れたのだ。しかし、そんなに間をあけることなく次の彼女ができ、結婚するためにまた、家を出て行った。

一人娘となる子どもが生まれてから、兄は、もともと折り合いがあまりよくなかった父に、恨みがましい言葉を放つようになった。それも間接的に……。

「テレビ見ながらごはんを食べるなとか言ってたのに、今では自分がテレビっ子じゃないか」とかなんとか。昔の父は何かと躾に厳しかったのだ。

姪っ子が小さな頃は、兄夫婦は仲良くしていたのだが、そのうち長い別居生活に入り、ついに離婚した。よって、現在、兄はひとり暮らしをしている。介護職員はあまり給料がよくないので、両親の面倒を見てもらうのは望めない。あくまで、金銭面での話だけれども。

……こう書くと、姉と私の嫁ぐ可能性がゼロみたいな感じにとらえられるかもしれないが。

それはともかく、慣れた場所以外での運転が苦手な母のために、車を出してくれたりする優しい兄は、私にダイエットのアドバイスなどもしてくれた。だが、思うように体重は減らない。申し訳なくなる。

そういう、自分以外の人の目が、気になってしまうのも面倒くさい。私個人は、他の人が太っていようが痩せていようが気にならない。それを自分にも当てはめることができないのが、なんとも残念なところだ。いっそのこと、理想のボディイメージごと捨てられたら楽だが、そんなことは無理な話なので、これからもグチグチ言いながら、ダイエットを続けていくのだろうと思う。

38 仲良しの姉にも精神障害が

姉の話になるが、彼女もまた、昔から精神面での不調があった。

耳を触る癖のせいで、耳にタコができていたり、爪を噛む癖などは今でも治っていない。

過眠、依存、無気力傾向が波のように押し寄せては引く、を繰り返していた。

だが、姉は仕事をしていたので、私よりは全然まともな人生を送っていたように思う。

23歳から11年間も付き合っていた彼氏もいたし……（結局、別れたが）。

姉が通院を始めたのは私が勧めたのがきっかけで、同じ心療内科に通っていた。なので、私が今の病院に通院しだしてほどなく、姉も病院を変えた。

前述した通り、今の精神科を見つけられたのは、姉が具合の悪くなった友人に付き添っていたからだった。ずっと病院に通っているので、なにがしかの病名はついていたのだろうが、私は詳しくは知らない。

その友人である彼女と姉は、持ち帰り専用の寿司屋で働いていたときの同僚で、年は友人のほうが11歳下だったが、気が合ったらしい。その友人がKポップアイドルオタクで、姉も感化されてそっちの沼にズブズブとハマっていった。そうして、仕事でもプライベートでも一緒に過ごす時間が増えていったみたいだった。友人は家族の関係があまり良くないらしく、優しい姉に頼ることが多くなったようだ。

このふたりの関係性がのちのち、私を苦しめることになるというのを、このときの私はまだ知らない。

姉はお人好しというか、面倒見が良いというか、依存性が高いというか……。

誰かのために何かをしていることで、自分の人生の問題を直視せずにいるようなところがあるのだ。他人の家の掃除はできても、自分の部屋は片付けられない、といったふうに……。

姉と、その友人である彼女の関係を、初めのうちは、「付き合ってるのか?」と怪訝に思っていた。そのほうが納得できる親密さだった。直接訊いてみたら「ちがう」と一蹴される。だが、姉のやっていることは、すでに「介護」と言っていい領域まで達していた。お風呂に入れてあげたり、髪を乾かしてあげたり、洗濯をしてあげたり。さすがにそれは友だちの域をはみ出しすぎだろうと思い、「おかしいよ」と言っても、なぜか伝わらない。それでも姉が仕事をしていたときはまだよかった。だが、さまざまなことが重なって、姉も友人も無職となったときから、ふたりは共依存と言ってもおかしくないくらいの関係になっていった。

姉は断ることを知らない。自分の体力の限界もわかっていない。家にいるときは四六時中、電話をし、呼ばれればすぐに駆けつける。……といっても姉は車の免許を持っていないので、父が車で送り迎えをしていた。

そんなことを繰り返しているうちに、姉の具合もどんどん悪くなっていった。

家に帰って来ると、何もできなくなってしまうのだ。

それでも、姉の友人は、姉を家まで呼び出しては、メルカリで出す荷物の梱包やら、郵便を出させるやら、掃除をさせるなど、さまざまなことをさせる。

ある日、ついに姉は道端で目眩《めまい》を起こし、動けなくなってしまった。そのときは私が近くにいたので助けに行けたが、そうでなかったら姉はどうなっていただろうか？

それまで何度も、「おかしい」と言い続けては無視されていたが、今度こそ「おかしい」。

私の怒りは沸点をとうに超えていた。だが、姉に切々と話をしても言葉が響かない。

「なんで？」

「どうして？」

気がつけば私は、叫びながら姉に殴りかかっていた。

母に全力で止められたため、大事には至らなかった。

だが、それから私はしばしば、姉とその友人への怒りで暴れることになる。

私の昔からある、〝過剰なストレスがかかると暴力に走ってしまう〟という問題は、まだ解決していなかったのだ。しかも、その暴力は自分自身に向くことも変わらない。思い通りにならないと、壁に頭を打ちつけたり、自分を殴りつけたり、かじったり……。なぜか、そうしたくなってしまうのだ。

怒りという感情を抱くのは自然なことだ。でも、その感情の発露に暴力が伴ってしまうのはどうしたものか……。

精神科の先生に相談しては、薬を微調整してもらい様子を見る。そんなことを繰り返す

うちに、「私の考え方を押し付けるほうが悪いのか？」と思考が袋小路に入り込むようになった。

姉とはいえ、人の友人関係に口を挟むのは憚《はばか》られる。だが、家族として姉の健康を考えないわけにはいかない。やはり、許せない。そんなことばかり考えていると、私の具合もさらに悪くなってくる。悪循環だ。

私の友人関係は、互いを思いやりつつも寄りかかりすぎない、というスタンスをとれる人とだけ仲良くするようになっていた。

高校時代の友だちで、卒業後も友情が続いているのは、IとRのふたり。でも、ふたりもいればいいほうだ。

特にRとは、月1くらいで頻繁に会う仲だった。大人になってから、こんなに仲良くなれる友だちができたことも大事に思っている。私も苦い経験を経て、少しは大人になれたのかなと思う。

そういう自分のスタンスを、姉とその友人にも重ねるから「おかしい」とイライラしてしまうのだろうか。

いくら親しくても、友だちはグチ聞きマシーンではないし、カウンセラーでもない。そのへんを見誤ると、距離感がバグる。

つまり、対等な関係を築けなければ、それは健全な関係ではなくなってしまう。そうならないようにしたい。それが私の最適解なのだ。

だが、姉とその友人の最適解は、おそらくちがうのだろう。

39 心配性で過保護なお母さん

ここまでお読みの皆さまはお気づきだろうが、私の母はとても優しい。

私がどこかへ行きたい、と言えば行かせてくれ、何かやりたい、と言えばやらせてくれる。

愛の深い人なのだ。若干、心配性で過保護気味ではあるけれど……。

いつも自分のことより、家族を優先して考えてくれる。わがままな私には考えられないくらい、献身的な人だとも思う。

そんな母は、18歳の頃、まだ沖縄が日本に返還されておらず、パスポートが必要なときに沖縄から上京してきて、働きながら調理師専門学校に通っていた。卒業してふたつ目の職場で父と出会ったという。そう、うちの両親は恋愛結婚なのだ。

それを知っていたせいか、私はあまり恋愛にも興味を持てずにいた。好き同士で結婚をしても、しょっちゅうケンカをするし、なんだか楽しそうじゃないし。子どもとして生まれても、なんだか苦しい。私は人生の早い段階から、結婚というものにも憧れなくなっていたのだ。

母は本当に「お母さん」をがんばっていた。

食事は栄養バランスの考えられたものだし、手作りおやつも頻繁に作ってくれていた。私は母の作る、ロールキャベツやミートソーススパゲッティが特に好きだった。おやつは、最後の仕上げを自分でするのが楽しいクレープや、芋羊羹、おはぎなど、さまざまなものを作ってくれた。

そんな母の影響で、私もお菓子作りが趣味だったことがある。今では疲れてしまっ

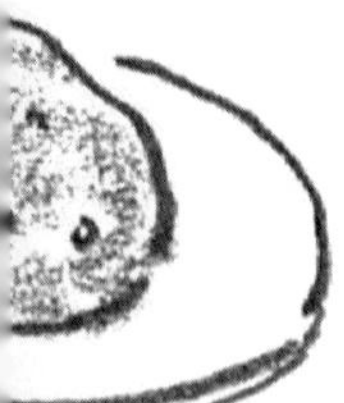

て、あまり作れなくなってしまったが、母が私の作るシフォンケーキが好きなので、誕生日などには焼くのだ。ひるがえって、料理は必要なときにしか作っていなかったので、あまり好きではなく、自分の味は好きではない。

40 不器用だったお父さん

父も働くことで「お父さん」をがんばってくれていた。

やり方は少し間違っていたかもしれないが、それもひとつの愛情の表し方だったように思う。どの家庭でも、親は子に対して、愛を込めて子育てをしているとは思う。どんなやり方が「正解」というのは誰にもわからないものなのかもしれない。

だが、私は、子どもの頃、こんな家庭はイヤだなとずっと思っていた。

何か出かけるイベントのたびに、車のなかでケンカをしてほしくなかった。

今思えば、なんて贅沢で親不孝な、と思うのだが、幼少期の私にとって、「難波家」は息苦しかった。

それは事実。

みんな優しくて怒鳴らない家庭がよかった。

学校に行かなくても最初から許される家庭がよかった。

私が親なら子どもが話し出すまで待って、よく話を聴いて否定することなんかしないのに、と思っていた。

けれど、それはあくまで、ただの理想。

私は、愛の受け取り方が下手だったのだろう。

今、現在の父との関係はというと、高校時代の送迎を経て、だいぶ緩和されたように思う。父は80歳を過ぎ、記憶力も体力も落ち、判断力も鈍ってきたので運転免許も返納した。したがって、運転は母にバトンタッチされた。

父本人は、気ばかり元気なつもりでいるが、足腰も弱っている上に高血圧などの持病もある。さらに、実は頭も半分くらい怪しい。入浴などの介護は母が担当し、本人が行きたがらない散歩は、母と共に姉が連れ出している。

父に対して私が暴れている描写ばかりしてきたが、それ以外の普通のときの対応は、家族曰く「ふみが一番優しい」とのこと。多分、普段の話し方や接し方を、丁寧に優しくする、というのを私が意識しているからだと思われる。私の「苦手な人にこそ丁寧に接する」というのは、身近な父との関係から編み出された技だったのだ。

たとえば、父がお茶をこぼしたとき、私が拭きながら「誰でもこぼすから大丈夫だよ」と言うと、父は「ありがとう」と穏やかに言うのだった。

だが、不満が溜まると私が暴れだすのは相変わらず……。

母はまだ元気だが、この先、両親共にどんどん老い衰えていくのは確実だ。

今度は私が、家族を支える役割を担っていく番になるのだが、いまだに無職のまま……。

41 出会ったノンフィクション賞

ある年の7月、高田馬場。

私はやや緊張しながらチーズバーガーを頬張っていた。鞄のなかには、紙のチケット。「『あむんぜん』出版記念 平山夢明さんトーク&サイン本お渡し会 参加券」が入っている。

開場時間にはまだ早いため、腹ごしらえをしていた。目の前には同じく、ハンバーガーを食べる姉がいる。こちらは至って気楽そうだ。いつものごとく道案内してくれていたのだが、今回の会場となる本屋がなかなか見つけられず、手こずった。ぐるぐる迷った挙げ句、一度通り過ぎた道をよくよく見てみると、エスカレーターをのぼる所を見過ごしていたことに気がついた。そうして、安心してひと息ついていたところだったのだ。


私が自発的に本を読むようになったのは、14歳の頃。

姉の部屋にあった、吉本ばななの『ハネムーン』を読んだのがきっかけだった。

それから初期のばなな作品はあらかた読んだ。世界観が優しくて好きだと思った。そして、成長と共にさまざまな本を読むようになり、それなりに読書を楽しんでいたように思う。

だが、29歳での平山夢明との出会いは、それまでの読書体験とはまったく異なるものだった。

読むとリアルに吐き気をもよおす文章や、反対にヨダレが垂れるような料理の描写。胸が潰されそうになりながらも、最後まで読むと、涙が出るような作品もあった。

それをホラーというのなら、私はホラーが大好きだし、読むとストレスが吹き飛ぶところも大好きだ。

私がホラーで浄化されるのは、幼少期のトラウマが関係しているのだろうか？

救いようのない話で救われる人間もいる。

実際、平山さんの本を読み終わると、げんなりすると共に、魂のどこかが元気になっているのだ。

そんな思い入れのある、平山さんのイベントに参加するのは初めてなので、楽しみな気持ちと緊張が入り交じって、少しフワフワとした心持ちでいた。

開場時刻に近くなると、番号ごとに並んで待機。

会場は本屋の上の階で、少し広めのホールだった。整然と並べられた椅子に座り、開演を待つ。場内は、年齢層がよくわからない人々でいっぱいだった。だが、ここにいる全員が、平山夢明を好きなのだと思うと、なかなか感慨深い。

そんなことを考えていたら、イベントが始まる時刻になっていた。いざ始まると、テレビやラジオで聴く通りの、軽妙かつ愉快な平山さんの語り口に、笑いっぱなしで、とても楽しいイベントだった。

いよいよサイン本を渡してもらうとき、短い時間で何を話そう？ と思っていたのだが、いざ平山さんを目の前にすると、「……大好きですっ」という、告白もどきみたいな言葉しか出てこなかった。

握手もしていただけて、夢心地になっていたけれど、欲張りな私は、係の人に、「写真を撮ってもらうことはできますか？」と質問をし、ツーショット写真まで撮ってもらったのだ。今でもたまに見返すが、丸々とした顔の私が、うれしそうに平山さんの隣に写っている。

憧れの人に会うと、いつも思うこと、それは「悔しい」だ。

才能の差をしみじみと感じてしまい、うれしさと同じくらい、悔しさが込み上げてくる。努力では補えないような、圧倒的なその「差」をどうすればいいのか、わからなくなるのだ。そんな自分が恥ずかしくて、惨めになる。それこそ頭を打ちつけたくなるくらい。あまりにも自己肯定感が低いのだった。


あぁ、何もない私の人生は、これからどうなってしまうのだろう……。

そんなことを考えていたら、ふと、ある新聞記事に目がとまった。


「気がつけば◯◯ノンフィクション賞」

気がつけば◯◯になっていた、というお題で、自分の経験したことを書けばいいらしい。

文章を書くのは好きだけれど、物語をつくるのは苦手な私にうってつけな募集だと感じた。受賞作は必ず書籍化する……。久し振りに私の勘が働いた。

これに応募するしかない。その時点で4月後半。締め切りは8月31日。

「余裕で書けるでしょ」と思っていた。

だが、辛い苦しい記憶を思い起こしながらの執筆作業は、なかなか思うようには進まなかった。それでも一度やると決めたからには、あとには退けない。

特に幼少期の部分の描写は、血で書いているのではないかと思われるほど、私の精神をゴリゴリと削った。具合が悪い。

あ、これヤバいなと思い、精神科の先生に相談すると、

「書くこと自体は悪くないし、むしろ病状が良くなるかもしれない」と言われる。

「ひとりで自分の病気を振り返る作業がキツいので、カウンセリングを受けたいのだが……」と訊くと、「いいと思う」と快諾されたので、久し振りにカウンセリングを受けることになった。

42

部屋とトラウマと私

紹介されたのは、通っている病院と提携しているカウンセリングルームなので、安心して行けた。初回はまず、私が今、困っていることなどを伝えた。

カウンセリングを受けるといっても、基本的には話すことによって自分の考えを見つめ直す、そんな感じだ。それと単純に、自分の辛い経験をカウンセラーに話すだけでも、癒しにつながる。

たとえるならば、自分の精神の暗い階段を下りていくのに、灯りを持った人が付き添ってくれる……みたいな感覚だ。

具体的には、「幼い頃に受けた暴力のトラウマが、今の私の暴力性につながっているのか」

という疑問や、「ADHD傾向などの私のもともとある性質が原因なのだろうか」ということを掘り下げていっている。

それと、怒りと共に暴力を振るってしまうことを分析して、ひとつひとつ見つめ直す作業も始めた。いわゆる「認知行動療法」というやつだ。

カウンセリングを受けたからといって、すぐにパッとわかりやすい答えが出るわけではない。実際、上記した問題は、精神科の先生やカウンセラーに訊いてみても答えは出ない。人間の精神というのは、それだけ複雑な〝ものやこと〟が絡まり合いながら構成されているのだ。

それから、今の私の生活において、怒りのコントロールおよび対処法と同じくらい、重要かつ重症なことがある。

それは強迫性障害から端を発した一連の掃除、消毒、お風呂を完璧にこなして部屋に戻ることがさらに難しくなってきている、ということだ。

今の私の部屋は、六畳の洋室。

内開きのドアを開けると、白い壁紙の長方形のスペース。

入り口の真向かいの壁に大きな窓、右側の何もない壁に添ってベッドを配置してある。

ベッドの向かい、左側の壁には小さめの窓。その下にテレビとオーディオセットが置いてある。

その並びに化粧品を置く小さなテーブルと、木でできた勉強机と椅子がある。

机の上には好きな本や、オブジェを設置。

入り口側の壁には押し入れがあり、主に洋服がぎっしり詰め込まれている。


外出の必要がある日はそこから洋服を用意して、朝にシャワーを浴びる。手を洗って、靴下を脱げば部屋には一応、入れるのだ。そして、帰ってくるとぐったり疲れてしまい、また、ソファーで寝る。……その繰り返し。

シャワーを浴びてもそれは、仮の状態なので、部屋のベッドでは眠れない。「お風呂に入る」という行為が、私にとっては果てしなく高い壁となって立ちはだかっている。そのせいで最近は、半月ほど部屋で眠れないなんてこともザラにある。

おかしいのは百も承知。私だって毎日お湯に浸かって清潔を保ちたい。潔癖ならば、自身も綺麗にせずにはいられないのでは？　と疑問に思われる方もいるだろう。だが、そこが病気たる所以《ゆえん》なのだ。

「完璧にやる」、その気力が湧いてこないのである。私もいい加減、この不完全な「完璧」を捨てたい。

この原稿を書き出す少し前から、新聞も山積みになっている。悪い兆候だ。そのくせ、外に出るときだけは、まともなフリをしている。でも皆、内と外の顔はちがうはず……。ひと皮剥けば、誰しも苦労を抱えているはずだ。

現在、朝に1種類2錠の薬を飲み、夜に8種類12錠の薬を飲んでいる。

これらを飲まないと、夜眠り、朝起きることができない。気分の上下もだいぶ抑えられている。それに加えて、最近は月に一度、いつもの精神科で注射をしている。あの制御しがたい怒りを鎮静させてくれる効果があるらしい。

それでも暴れてしまうときのために、頓服薬も処方されている。

これでも良くなってきたほうなのだが、改めて書き出すと、自分でも若干、引く。

私も、具合が良くなるたびに、減薬の相談をしてはいるのだが、今のところ進んでは戻る、を繰り返している。なかなか難しい。いずれは病気が良くなって、薬を飲まなくてもよくなるときが来るのだろうか。今は、そんなことは想像もできないくらい、薬漬けの日々だ。

こうしてみると、私の人生はまだまだ課題だらけなのだなと感じる。

病気があるために働けないが、その病気があることによって生かされている、という事実。ジレンマを感じないわけではないが、一日一日をしっかり生きていくしかない。

大丈夫、私の部屋は今日も完璧に綺麗なのだから。

エピローグ
初めての「給料」

2022年9月のある日、私のスマホに一通のメールが届く。

それは私の応募した作品が、「気がつけば◯◯ノンフィクション賞」の最終選考に残った、というお知らせだった。その瞬間、いつもだらだらしているソファーの上で、奇声を上げながら思わずスマホを放ってしまうほどの衝撃を受けた。

とりあえず落ち着くために、返信するより先に夕食をとったのを覚えている。

でも、これで駄目ならもういろいろ駄目なんだろうと思いながら、念を込めて書きまくったので、「っしゃ！」とガッツポーズをとる気持ちもあった。

年内に大賞が決まるとのことだったので、緊張しながらそのときを待つ。

結果がわかったのは、12月だった。

大賞は、「気がつけば生保レディで地獄みた。」に決まる。

仕方ないかーと残念に思ったが、私の作品も「電子書籍化の検討をしたい」とのお話があり、びっくりしながら打ち合わせの予定を入れた。スマホのカレンダーに、「打ち合わせ」と書くだけで仕事感が出てドキドキが止まらない。

そうして、打ち合わせ当日、出版社のある浅草橋まで、道案内の姉と共に電車で向かった。2階に編集部のある「古書みつけ」は、思ったよりコンパクトな造りで、引戸を開けて一歩足を踏み入れると、懐かしいような木の匂いがした。

「難波です」と言い、編集者の伊勢さんにひと通りの挨拶を済ませると、姉には待っていてもらい、2階で打ち合わせをした。

伊勢さんは、フワフワとした茶色のブロッコリーのような髪形から、一瞬「チャラいのか？」と思わせたが、話してみると人当たりがよく、ひと安心……。それに、私の作品の面白かったところなどをたくさん褒めてくださり、私はちょっと信じられないような感動を覚えていた。

自分が書いたものをそんなふうに褒めてもらえるというのは、私の人生を肯定してもらったのと同じように感じたからだ。

その上で、「もっとこうしたほうが良くなる」という点を教えていただき、第三者のプロの視点が入るとやはりちがうなぁと感心した。

どこかフワフワとした足取りで、帰路についていると、伊勢さんからメールが来た。

そこには、「紙の本で出版したい」との文字が……！

脳内の小さな私が、喜びのあまり小躍りしだして止まらない。

「これからできる努力は全力でやるぞ！」と奮起した。

そして、年末年始をブラッシュアップ期間として、書き足し書き直し作業をしながら過ごした。寝ても覚めても作品のことを考え、締め切りよりもだいぶ早く書き上げることができた。

ちなみに、私はパソコンを持っていないので、手書きだ。今どき、手書き原稿を受け取ってくれる出版社なんてありがたいなぁ、と、そこにも運命を感じていた。


2023年1月31日深夜、眠りにつく前に、父の「右半身が痺《しび》れる」という言葉を聞き、「脳梗塞じゃないの？」と言いながらも眠くて寝てしまった。

翌朝、予定があった私は、まだ具合が悪そうな父が気になりつつも、「大丈夫」との言葉に押されるようにして、母に駅まで送ってもらう。母も父を、「病院に連れて行くから大丈夫だよ」と笑顔で送り出してくれた。姉もいるから心配しないで……と。

気がかりだなと思いつつも、友だちとのずっと前からの約束の日だったので、都内まで出かけた。道々、スマホを気にしていると、姉から「救急車呼ぶ」と連絡が入った。

のちのち聞いた話によると、その日、母と姉は具合の悪そうな父を病院に連れて行こうと準備をしていたのだが、なかなか首を縦に振らない父に困っていたらしい。そのうち、どんどん体が動かなくなる父を見て、もう駄目だ、と救急車を呼ぶことにしたらしい。

救急車が来ても、コロナ禍だったため、搬送先がなかなか決まらずに、2時間も待たされた。その間も、父はマイペースに「トイレ行きたい」などと言っては母を困らせていた。そうして、ようやく搬送先が決まって病院に着くと、検査、即入院が決まったらしい。

診断は脳梗塞。私の勘は当たっていた。

不思議なのは、右半身の麻痺なのに、言語障害が出ていなかったことだという。それと、入院しても手術はしなくてもいいらしい。運がいいのか悪いのかよくわからない。

ソワソワしながら、落ち着かない気持ちで一日を過ごした私は、夜遅く帰宅し、その経緯を全て聞いてさすがに落ち込んだ。

「昨日の夜、救急車を呼んでいれば……」などと、考えても仕方のないことを考えて暗く沈む。幼少期にあれだけ憎んだはずの父だったが、やはり現実に倒れられると、後悔ばかりが頭をよぎる。もっとできることがあったのではないか……。

現実問題、我が家の金銭的な心配もあった。今は、姉も障害年金を受給できていて、しばらくはなんとかなりそうだが、このあともずっと……と考えると先が見えない。

無職の自分が今さらながらに悔やまれる。

さらに介護の懸念もなかったわけではない。ただ、私にはその覚悟がなかったのだ。闇を見つめていると、考えごと闇に吸いとられそうになる。

父はずっと、「大丈夫」と、大丈夫じゃないのに言っていたのだ。救急車を呼ぶのもイヤがっていたというし……。

後悔をしても仕方がない。そう自分に言い聞かせて、少しでも上を向こうとしていた。

翌日、2月2日。

伊勢さんから連絡が来た。

私の作品の書籍化を中断させてほしい、という内容だった。

理由はいろいろあったのだが、昨日の今日でショックが大きすぎる。完璧に打ちのめされた私は、完全に希望を見失っていた。

書籍化イコール労働。やっと働ける！　と考えていた私は、そんなに世間は甘くない、という現実を目の前に突き付けられた。

私にとって「働く」というのは、長年願い続けた、ある種の憧れのようなものになっている。

他の人にとっては普通のことなのかもしれないが、私には特別な響きに感じられるのだ。

その「働く」に近づけると思って書き続けてきたのに、もうどうすればいいのかわからない。

「無職ここに極まれり」か……。

今まで、不安に思いながら見ていたニュースが、一気に身に迫り、一日先のことも考えたくない。

精神病、女性の引きこもり、中年無職、8050問題、介護貧困……。

私の日常は、現代日本の問題の縮図のようだ。

私と同じく困っている人はたくさんいるだろうが、40年間無職の人はどれだけいるだろうか。

これまで私が歩んできた道を振り返ってきたが、できれば同じ苦しみは、他の誰かには味わわせたくない。それぐらい辛いことも多かった。

これから、私の人生はどうなるのだろう。

そんなことを考えていたら、数か月後、また伊勢さんから連絡が来た。今度はちゃんとした出版依頼だった。そうした訳で、私はまたこの文章を書き直している。

この作品が本として出版され、「原稿料」を頂けるのならば、それが人生で初めての「給料」ということになる。

今まさに私は「働いた」のだ。

それは、私のこの人生が、本当の意味で無駄ではなかったという証にもなるだろう。無職の終わりにもなるだろうか。知らない誰かの、ほんの少しの希望にもなり得るだろうか。

そして、この私の話が、どこかの誰かの「面白い」にもつながるのならば、これ以上の喜びはない。

それでは、また、どこかで。

あとがき

その日は、父と久しぶりに会える朝だった。

あれから父は、脳梗塞の治療のためにひと月ほど入院し、リハビリ病院に転院していた。転院したとき、医師との最初の面談で、「脳梗塞の後遺症よりも、認知症のほうが問題です」と言われていた。

医師から説明を聞く人数は、ふたりまでと限られていた。そのため、諸事情から、姉と私が話を聞きに、無機質な部屋に入った。

医師は明らかに、配偶者である母に話を聞いてほしかったようだが、仕方ない。

「脳が萎縮しています」と医師は言った。

私は「やっぱりな……」と思いながら、ただうなずいていた。

父は、仕事を辞めた数年前から少しずつ少しずつ、気力と体力が落ち、できないことが増えていっていた。

のちに母にそのことを告げると、受け入れるのが難しそうに見えた。「できない」のではなく「やらない」だけというように……。

医師のあのときの苦い表情を思い出しながら、私は、「ちがうよ、お父さんはボケてるんだよ」と言った。それでも受け入れ難かったようだ。

姉も泣いている。

「もっとできることがあったのではないか」と……。

ひるがえって私は、ひと粒も涙は出なかった。後悔がなかったわけではないが、人生は思うようにならない。それは父も同じだっただろうと思ったから……。

面会は週に一度、人数はふたりまでで、時間は15分間。そう限られていたため、数か月間、私は三度しか面会に行けなかった。

だが、私が会いに行っても特に話すことはなかった。

入院して痩せた父に、「久しぶり」と言われたときに、「この間も会ったよ。忘れちゃった？」と訊くと、父はうなずき「忘れるのも悪くないよ」と言った。

今朝は、特別養護老人ホームに転居するための、準備と引っ越し。

人ひとりの身の回りの品というだけでも、けっこう多い荷物だ。

夜勤前の兄も来てくれたので、いくつもの袋を車に運ぶ。父は車椅子。介護タクシーにはひとりしか同乗できないので、姉が乗る。慌ただしかったため、父には挨拶くらいしかできなかった。

道中、父は姉に、「見慣れた景色でも、久しぶりに見ると涙が出てくるね」と言っていたらしい。

返された荷物のなかに、リハビリの日記が入っていた。自分で記すものだが、パラパラとめくってみると、筆圧が弱く、力のなさが見てとれた。

「家族」の欄には、必ず私たち子どもの名前が記されていて、父のなかでの家族への想いの強さが感じられた。

忘れることが多くても、まだ私たちのことは残っているんだ……。

涙は出なかったが、少し胸がジーンとする。

ある日のメモに、「今日は家族が来てくれた。でも何を話せばいいかわからなかった。」と記してあり、「なんだ、お父さんも同じだったんだ」と思った。そして、いろいろな日に、

「今日は曇り。そちらの天気はどうですか?」と書かれていて、「近所なんだから天気は同じだよ」と心のなかで返事をした。

最後に、本書の出版にあたり関わってくださった全ての方々に感謝を申し上げます。特に、編集を担当してくださった伊勢さんには本当に助けられました。重ねてお礼を申し上げます。

そして、ここまで読んでくださった読者の方には40年分のお礼を。あなたがこの本を完成させてくれたと思っております。

ありがとうございました!

難波ふみ

【編集後記】

2019年6月1日、元農林水産事務次官の父親X（当時76歳）が、無職の長男Y（当時44歳）を刺殺した。マスメディアは、4日前に起こった「川崎市登戸通り魔事件」と結びつけ、たびたび「8050問題」との因果関係を指摘する報道がされた。


本書の著者も、被害者と同じく、無職およびひきこもりである。

「父に対する抑えきれない殺意があった。」と綴る彼女は、自らが起こした事件に対して、「多くの「家庭内殺人」というものは、こういったはずみで起こっているのかもしれないのだ。」と分析する。


神話の時代から、親子・きょうだい間での殺人は多かった。

日本の殺人事件は、昭和30年代をピークに減少傾向にあるとされるが、現在起きている殺人事件のうち、およそ半数が親族間による殺人なのだそうだ。貧困やひきこもり、介護など、家族だからこそなんとかしなければならないという、ある種の呪縛のようなものが、家族間の関係を悪化させ、追い詰め、追い込まれ、最終的に悲劇につながる可能性は否定できない。

冒頭の引用も含め、難波ふみの物語にも、〝家族崩壊〟の危機を感じさせる話が随所に登場している。最悪の事態は避けられたとはいえ、これからも難波家は続いていくわけで、「8050問題」の渦中にいることを考えると、いつこれまで以上の重大な事件が起きてもおかしくはないのだ。


著者と私は同年代である。

おそらくこの世代には、まだ、なんとなくのあるべき〝家族のカタチ〟というようなものがあったように思われる。だからこそ、親子依存といわれる「8050問題」が浮き彫りになってきたともいえるが、いずれにせよ、インターネット社会化がますます進むこれからの世においては、〝家族のカタチ〟は、もはや〝形〟を成せるのかどうかもわからない。

「精神病、女性のひきこもり、中年無職、8050問題、介護貧困……。」

彼女がエピローグで挙げた社会問題は、核家族ですらままならなくなりそうな今、殺人事件だけでなく、あらゆる悲惨な事件の引き金になり得るだろう。


と、ついつい、悲観的なことばかりを書き連ねてしまった。

が、幼少期の不登校に始まり、潔癖症、強迫性障害と次々に発覚する精神障害を引きずりながら、それこそ地べたを這いずりまわりながら無職街道を突き進んできた難波ふみの人生は、決して悲哀にまみれたものではなく、自身の〝勘〟と家族の協力を駆使して、働かざる者でも立派に食うてきた。そして、40歳という節目とも言える年齢で新たな分岐点へとたどり着いたことは確かであり、本書を出版することで、何かが変わることを祈ってやまない。


本書は、生まれてから40年間、職に就くことがなかった女性の自伝である。

彼女の生き様が、似たような境遇の人たちや、現代社会に〝生きづらさ〟を感じる人たちにとって、希望の書となり得るかどうかはわからない。ただ少なくとも、編集者である私は「面白い」と感じ、世に彼女という存在を解き放ってみたいと考えた。

だからこそ、読了後は、皆様から御感想をお聞かせいただきたいと願っている。

彼女への執筆のご依頼などとあわせて、古書みつけまで、ぜひ。（伊勢）

著者・難波ふみ

1983年 神奈川県生まれ、千葉県育ち。幼少期に父から受けた暴力がトラウマとなり、さまざまな精神障害を引き起こす。この世に生を受けてから一度も働いたことがない。第1回「気がつけば○○ノンフィクション賞」に応募、最終選考まで残る。趣味は読書、好物は甘い物。ちなみに、本書発売年は、41歳の年となる。

制作	株式会社伊勢出版
編集	伊勢新九朗、千栄貴子
校正	生井純子
イラスト	なかむらるみ
装丁	河村 誠
本文デザイン	若狭陽一
スペシャルサンクス	平山夢明(帯文)、StudioDARA

気がつけば40年間無職だった。
もしくは潔癖ひきこもり女子の極私的物語

発行日	2024年3月15日　第1刷発行
著者	難波ふみ
発行人	伊勢新九朗
発行所	古書みつけ
	〒111-0052 東京都台東区柳橋1-6-10 1階
	TEL (03) 5846-9193
	https://kosho-mitsuke.com/
発売元	日販アイ・ピー・エス株式会社
	〒113-0034 東京都文京区湯島1-3-4
	TEL (03) 5802-1859 FAX (03) 5802-1891
印刷・製本	三共グラフィック株式会社

ISBN 978-4-9912997-2-8 C0095

［内容についてのお問い合わせ］isepub@ise-book.biz

古書みつけ宣言

声なき声に耳を澄ませば……
絶望に効く生き方

古書みつけは、可視化されにくい**“声なき声”**を発信する手段として、出版事業を開始いたします。日々押し寄せる**同調圧力**の波、横行する各種**ハラスメント**、広がり続ける**格差社会**、生きづらさを感じることが多い現代には、至るところに**“絶望”**が転がっています。助けを求めようにも、声を発すること自体にハードルの高さを感じてしまいがちです。

ソーシャルメディアの流行が、そんな弱者の声を「**#MeToo**」へと進化させ、弱き立場の人たちを救うことに成功する例も出てきてはいますが、一方で、地球規模でのデジタル化が、人間関係における様々な弊害を生み出していることも事実です。

「**日ごろ、光の当たらない職業人や、弱者の声なき声に耳を傾けたい**」。その想いを結実させるために、私たちは「**本**」を選びました。「**一冊の本が人生を変える**」と言われるように、本には、**魔法**のような力があると信じています。

仕事や生活で苦しい経験をしたことがある、一般に知られていない職に就いたことがある、自分だからこそ得られた知見・体験を伝えたい、無名の著者が描く**“人生の舞台裏”**は、多くのサイレント・マジョリティの共感を呼び、**“どこかの誰かの何か”**を変えるきっかけにつながると信じ、シリーズ創刊を決めました。

古書みつけの目的は、著者と同じように虐げられている人たちに、自分の叫びを聞いてもらいたい人たちに、目の前の現実に**“絶望”**する人たちに、前を向いて歩いていくための**“希望”**を届けることです。未知との遭遇を楽しむだけでなく、自らを奮い立たせるための“サプリ”にもなり得る**“知のかたち”**を、シリーズとしてまとめていきたいと思います。

偉大な脚本家・新藤兼人は言いました。「**誰でも脚本家になれる。それは自分のことを書けばいい。誰よりリアリティーがある作品、傑作が書ける。**」

静かなる大衆がおくる**“絶望に効く生き方”**、傑作の人生（本）を紡ぎます。

2024年3月
古書みつけ代表　伊勢　新九朗